Miss Catastrophe

4. Le dernier baiser de l'année

Titre original : *Wer zuletzt küsst*

ISBN : 2-7459-0891-X

Hortense Ullrich

Miss Catastrophe

4. Le dernier baiser de l'année

Traduit de l'allemand
par Bernard Friot

LES ROMANS DE
julie

Dans la même collection

Miss Catastrophe

1. On n'embrasse pas les sorcières
2. Courrier du cœur
3. L'amour rend blonde

Vendredi 24 novembre

Hé ! C'est super facile de rencontrer des mecs. Sans blague. Il suffit d'avoir un petit copain. Dommage que je ne l'aie pas su plus tôt.

Depuis que je sors avec Sven, j'ai rencontré un nombre incroyable de types. C'est comme si on avait tamponné sur mon front : « Vue et approuvée ». Avoir un copain, c'est une sorte de garantie pour les autres garçons que tu es vraiment cool.

Les mecs me saluent, me parlent sans même que je lève le petit doigt. D'un côté, je trouve ça génial ; d'un autre côté, ça signifie malheureusement que le risque d'embrouilles est multiplié par dix.

Hier, au cinéma, par exemple. J'entre dans la salle avec Lucilla et Carla et un type me crie en agitant les bras : « Hé, attends ! »

Je réponds gentiment d'un geste de la main. Et je dis aux poulettes d'un air blasé :

–Ah, là là ! tous ces mecs qui ne me courent après, c'est énervant, à la fin.

En fait, le type ne me courait pas après, il voulait seulement contrôler mon billet.

La honte.

Pour me mettre dans des situations impossibles, je suis championne du monde toutes catégories.

Malgré ça, ma copine Lucilla m'envie beaucoup. Chaque jour, elle soupire : « Oh ! Jojo, tu as une vie de rêve. »

Elle exagère.

Mais Lucilla exagère toujours. Elle n'y peut rien. Elle est comme ça. Elle trouve tout absolument dramatique ou passionnant ou siiiiii romantique.

Surtout ma vie.

Et pourtant, Sven mis à part, ma vie est une vraie catastrophe.

Ce n'est pas ma faute. C'est à cause de ma mère. Elle est toujours super inquiète et elle me rend folle avec ses tentatives d'éducation. Elle n'est tout simplement pas douée pour ça. Pour l'éducation, je veux dire. Pour la cuisine non plus, d'ailleurs, mais c'est une autre histoire.

Pour ce qui est de l'éducation, au moins elle a réussi à cinquante pour cent avec moi. En revanche, avec ma petite sœur Filipine, surnommée Flippi, c'est l'échec total.

Hier, la mère d'un camarade de classe de Flippi a appelé ma mère parce que Flippi a tabassé son fils.

Ma mère s'est excusée platement en assurant que ça ne se reproduirait plus.

Flippi a piqué une crise. Elle a passé un vrai savon à ma mère.

– Comment peux-tu t'excuser pour quelque chose qui ne te regarde pas ? Si les gens ne sont pas contents, ils n'ont qu'à s'adresser à moi !

– Si c'était aussi simple…, a soupiré ma mère. Au fait, pourquoi l'as-tu frappé ?

– Il s'était assis sur une limace.

– Mais il ne l'avait sûrement pas fait exprès ! s'est exclamée ma mère.

– Ce n'est pas une excuse, a répliqué Flippi.

– Ah, Flippi, je me fais du souci pour toi ! s'est lamentée ma mère.

Flippi l'a consolée.

– Tu réfléchis trop. Profite de la vie !

Ma mère l'a regardée avec de grands yeux et a marmonné quelque chose du genre :

– C'est bien mon intention. Dès que mes filles auront quitté la maison.

Sur quoi, Flippi a hoché la tête avec conviction.

– Oui, oui, Jojo est une vraie calamité. Elle nous prend la tête avec sa puberté, ses chagrins d'amour et ses simagrées avec les garçons !

– Hé, ça va pas ? me suis-je exclamée.

Mais avant qu'un combat sanglant n'éclate entre nous, ma mère est intervenue en demandant :

– Que voulez-vous manger ce soir ?

Ça nous réconcilie chaque fois, Flippi et moi, car là nous sommes du même avis :

– Pas de cuisine maison ! Des surgelés !

Mais côté garçons, depuis peu ma vie est vraiment top. Et quand on a treize ans, l'important, ce sont les garçons.

Depuis que je suis la petite amie de Sven, ma popularité a fait un grand bond. Sven a quatorze ans. Malheureusement, il va dans un autre collège.

Lucilla dit que c'est très bien ainsi. « C'est très romantique. » Je ne vois pas ce qu'il y a de romantique là-dedans, mais si ça lui fait plaisir...

Lucilla n'arrête pas de parler de ma vie sentimentale avec les autres filles. Elle est un peu naïve, mais adorable.

Carla fait la grimace et déclare : « Ça finira mal ! » Carla est une rabat-joie qui cherche partout la petite bête. Je ne comprends vraiment pas comment la brave Lucilla peut la supporter. De toute façon, on ne peut pas échapper à Carla. Dans la classe, c'est elle la meneuse.

« Ne l'écoute pas », dit toujours Lucilla pour me consoler. « Tu m'emmèneras quand tu iras en ville ? Tu connais tellement de types super. »

Ça, c'est vrai. Et je suis la petite amie du plus super de tous. Sven est trop mignon et amusant et adorable et *tutti quanti*.

Il dit que je suis une catastrophe ambulante et que, normalement, il ferait un grand détour pour m'éviter. Mais quand il avait sept ans, il a juré de faire une bonne action dans sa vie, et c'est pour ça qu'il sort avec moi.

Ma vie est parfaite. Il ne peut rien m'arriver.

Samedi 25 novembre

Mon Dieu ! Comment puis-je dire une chose pareille ? « Il ne peut rien m'arriver. »

Tss ! La vie m'a pourtant appris que je ne suis jamais à l'abri d'une catastrophe.

Donc, je rectifie : il ne m'est *encore* rien arrivé.

Mais ça ne va pas tarder. Et ça va mal se terminer.

C'est à cause de Flippi. Plus exactement, à cause d'un petit ours en peluche. Aujourd'hui, nous avons rangé ma chambre. Je veux dire : ma mère a rangé, tandis que je me lamentais parce que je ne voulais rien jeter. Enfin, si, Flippi, mais ma mère s'y est opposée.

Ma mère a trouvé le nounours sous un tas de plastique qui avait été autrefois une maison de Barbie avant que Flippi ne la massacre en jouant à l'attaque des Indiens.

Flippi faisait le guet devant ma chambre. Elle s'emparait de tout ce que ma mère débarrassait et l'emportait dans sa chambre. Quand elle a aperçu l'ours en peluche, elle s'est mise à pousser des cris. Elle s'est jetée dessus et l'a pressé contre son cœur. Ses yeux brillaient de bonheur.

– Waouh, comme tu m'as manqué ! a-t-elle soupiré.

J'ai levé les yeux au ciel.

– Tu ne savais même pas qu'il existait encore. Il ne t'a pas manqué le moins du monde. Avec le foutoir qu'il y a dans ta chambre, tu ignores complètement ce que tu as ou ce que tu n'as pas.

– C'est vrai, a concédé Flippi. Mais maintenant que je le vois, je sais qu'il m'aurait manqué si je m'étais rappelé qu'il existait.

Elle m'a regardée d'un air soupçonneux.

– Au fait, qu'est-ce qu'il fabrique dans ta chambre ?

J'ai haussé les épaules.

– Aucune idée. C'est pas ma faute si tu perds toutes tes affaires.

J'espérais qu'elle n'insisterait pas. C'était moi en effet qui avais retiré le nounours de la circulation, car Flippi provoque les pires catastrophes avec. Il faut savoir que c'est un ours magique, qui peut exaucer vos vœux*.

* Voir *Miss Catastrophe*, tome 1 : *On n'embrasse pas les sorcières*.

Bon, d'accord, je n'en mettrais pas ma tête à couper. Mais il s'est passé des tas de trucs bizarres. Quand on fait un vœu en tenant l'ours dans sa main, il se réalise. Plus ou moins. Souvent moins. Mais il se passe toujours quelque chose. Et rarement quelque chose d'agréable.

Naturellement, il y a un hic : l'ours ne fonctionne qu'avec des filles qui n'ont jamais été embrassées. Un baiser, et c'est fini, plus de pouvoir magique. *Finito.*

Alors on doit décider ce qui est le plus important : la magie ou l'amour.

Autrefois, l'ours m'appartenait. Mais bien que j'aie choisi la magie, ça a mal tourné et j'ai embrassé un garçon.

C'en était fini avec la magie. L'ours avait perdu tout pouvoir pour moi. Mais je voulais qu'il reste dans la famille. Alors, je n'avais pas le choix. Ma mère était exclue puisque la nouvelle propriétaire de l'ours ne devait pas avoir été embrassée. Il ne restait donc que Flippi et je lui ai donné l'ours.

Parce qu'une chose est sûre : l'enfer se transformera en glacière avant que Flippi embrasse un garçon.

Mais elle a provoqué tellement de catastrophes avec l'ours que je n'ai eu d'autre solution que de le faire disparaître.

Et voilà. Flippi, radieuse, pressait le nounours contre elle. Elle a demandé :

– Quel tour de magie voulez-vous que je fasse ?

– Aucun ! avons-nous crié en chœur, ma mère et moi.

– Mais je le ferais avec plaisir pour vous !

Nous avons secoué la tête.

– Non merci.

Flippi a eu un sourire en coin.

– Bon, je finirai bien par découvrir ce que vous souhaitez.

Elle a pris l'ours, l'a embrassé et a disparu.

Ma mère m'a regardée, effrayée.

– Oh, mon Dieu ! a-t-elle murmuré. Que faire ?

J'ai haussé les épaules. J'étais un peu plus détendue que ma mère.

– Fais attention à ce que tu dis, ai-je répondu. Quand Flippi est dans les parages, évite les trucs dans le genre : « J'aimerais bien qu'il pleuve. »

Ma mère s'est renfrognée.

– Quelle bêtise ! Un ours magique !

Je l'ai fixée sans comprendre. Elle m'a suppliée :

– Mais dis-le, à la fin, que ça ne marche pas. Que tout ça n'est qu'illusion et pur hasard.

– Tout ça n'est qu'illusion et pur hasard, ai-je gentiment répété.

Ma mère m'a lancé un regard méfiant.

– Tu en es sûre ?

– Non.

– Alors pourquoi tu le dis ?

– Ben, parce que tu me l'as demandé.

– Ah, Josefine ! a-t-elle gémi.

Cette femme n'est jamais contente ! Mais il y a pire. Nous vivons avec une bombe à retardement âgée de huit ans. Flippi est franchement dangereuse. Avec un ours magique en sa possession, c'est l'enfer qui s'annonce.

Adieu, vie sans souci.

Dimanche 26 novembre

Avec beaucoup de ménagement, j'ai essayé de préparer Sven aux catastrophes qui vont bientôt troubler notre vie parfaite, mais j'ai l'impression qu'il ne prend pas les menaces au sérieux.

– Tu sous-estimes le danger ! lui ai-je dit.

– Mais pas du tout, a-t-il répondu d'un air sérieux. Je n'ose imaginer les dégâts que pourrait provoquer une gamine de huit ans armée d'un nounours.

J'ai boudé. Il ne me croyait pas. Mais je n'avais guère envie de lui révéler les pouvoirs magiques de l'ours. Il m'aurait prise pour une folle.

– Qu'est-ce que tu dirais d'une glace ?

– Quoi, en plein hiver ?

– Justement. Pour s'endurcir. Après, on ne craint plus le froid ni les angines.

Parfois, même moi, je ne sais pas si Sven parle sérieusement ou non.

– Bonne idée, ai-je dit. Je vais vite mettre mon maillot de bain.

– Bon, d'accord, pas de glace, a dit Sven. À la place, on va voir l'exposition sur les pirates.

– Dans un musée ? Jamais de la vie. Je préfère encore aller manger une glace.

– Aurais-tu peur qu'un peu de culture générale nuise à ta santé ? a-t-il persiflé.

– Non. Je suis vaccinée contre la culture générale.

– C'est bien ce que je pensais.

Sven a éclaté de rire. Puis il a ajouté :

–Il faut vraiment que j'aille voir cette exposition. Je dois faire un exposé sur les pirates.

Il s'est levé.

–Allez, viens, je t'autorise à gribouiller des moustaches aux pirates sur l'affiche.

C'était tentant. J'étais partante. Sven est vraiment super. Il est tout simplement parfait.

La seule chose qui me gêne chez lui, c'est que même ma mère le trouve très bien. C'est vraiment nul. Selon moi, les mères doivent s'arracher les cheveux à cause de leurs filles et pousser des hauts cris quand elles arrivent avec une nouvelle coiffure ou quand elles ramènent un copain à la maison. Sinon, ça gâche tout le plaisir.

Je n'ai pas pu gribouiller de moustaches sous le nez des pirates, car Sven n'a pas cessé de prendre des notes et n'a pas voulu me prêter son feutre.

Nous avons laissé de côté les pirates des mers du Sud. L'exposé de Sven portait sur les villes hanséatiques et leurs relations avec les pirates. Nous nous sommes donc intéressés aux pirates de la mer du Nord et de la mer Baltique.

–Qu'est-ce qu'il fait ici ? s'est exclamé Sven en montrant un type agenouillé devant une carte qu'il essayait de reproduire.

Quand le type s'est relevé, j'ai été emballée. Grand, brun, look d'enfer.

–Waouh, super mignon ! me suis-je écriée.

Je me suis aussitôt mordu les lèvres. Quelle idiote ! Je n'étais pas avec Lucilla. Qu'allait penser Sven ?

Il a éclaté de rire.

–Je peux t'enlever tout de suite tes illusions.

–Qu'est-ce que tu veux dire ?

–Suis-moi discrètement, tu vas comprendre.

Il m'a entraînée vers le type. Je l'ai suivi à contrecœur. Pourvu qu'on ne se ridiculise pas. Avec Sven, il faut s'attendre à tout.

Il a frappé sur l'épaule du type.

–Hé, Marc ! Tu veux savoir comment tes ancêtres ont fait fortune ?

Le type s'est tourné vers nous en souriant d'un air gêné.

–Non, je m'intéresse aux pirates. À cause de l'exposé.

Les sourcils froncés, Marc a examiné la carte devant lui, sur laquelle étaient représentées les razzias du pirate Klaus Störtebeker. Il a mis le doigt sur l'île de Rügen et a demandé :

– Comment a-t-il pu aller de la RDA au Danemark et en Suède, Störtebeker, malgré le rideau de fer ?

La RDA et le rideau de fer en 1390 ? Sven m'a regardée en souriant.

– Bon, c'est vrai, il n'a pas l'air d'un génie, ai-je admis. Mais au moins il sait que Rügen était en RDA.

– Il a sans doute lu ça dans une bande dessinée, a rétorqué Sven.

Lorsque je suis rentrée à la maison, Flippi m'a informée qu'elle avait trouvé un vœu pour moi.

– Tu ne pourrais pas me laisser tranquille ?

– Ben quoi, il faut faire une bonne action de temps en temps, a-t-elle répondu, très sérieusement. Et comme tu ne m'as toujours pas dit ce que tu souhaitais, j'ai souhaité que ton prochain vœu soit exaucé.

J'ai aussitôt paniqué et je me suis collé la main sur la bouche pour qu'aucun vœu ne m'échappe. On a si vite fait de dire « Je souhaite que… » ou « Je voudrais que… » !

Puis j'ai eu une idée lumineuse.

–Je souhaite que tu embrasses un garçon et que tu perdes tes pouvoirs magiques.

Génial, non?

Flippi m'a lancé un regard noir.

–Tu es folle?

J'ai ricané.

–Désolée, Flippi, tu as perdu. Il faut être bonne joueuse...

Les yeux de Flippi se sont réduits à deux fentes.

–Eh bien, tu l'auras voulu! C'est la guerre entre nous! s'est-elle écriée.

Et elle a quitté ma chambre.

Je crains que ça n'annonce rien de bon. Soyons réaliste: mon vœu n'a aucune chance de se réaliser.

Flippi déteste les garçons.

Lundi 27 novembre

Tu parles! Aujourd'hui, quand je suis rentrée du collège, il y avait un garçon dans notre cuisine. Flippi et lui mangeaient des tartines de beurre aux fraises Tagada. Je suis restée sans voix. Ma sœur avait ramené un garçon à la maison! Incroyable!

Absurde ! Flippi a toujours fui les garçons comme la peste !

Avant que j'aie eu le temps de dire quoi que ce soit, ma mère m'a tirée hors de la cuisine en m'implorant :

– Laisse-les tranquilles !

J'ai pointé le doigt vers la porte fermée de la cuisine.

– Il y a un garçon là-dedans !

Ma mère a hoché la tête.

– Tôt ou tard, ça devait arriver.

J'étais abasourdie.

– Pourquoi ? Est-ce que Flippi entre dans la puberté ?

Ma mère a secoué la tête.

– Mais non !

– Alors, pourquoi ?

– Parce que Flippi a rebuté toutes les filles de sa classe. Aucune ne veut plus jouer avec elle, a expliqué ma mère.

Je ne pouvais qu'approuver. Une fille qui élève des escargots ne possède pas exactement les qualités qu'on attend de sa meilleure amie. La plupart des filles s'étaient enfuies en hurlant quand

Flippi leur avait présenté sa collection de gastéropodes.

– Donc, il ne reste plus que les garçons, a continué ma mère.

– Oui, mais les garçons font un grand détour quand ils la voient parce qu'elle les boxe au moindre regard de travers, ai-je rappelé.

– Il est nouveau, a chuchoté ma mère en montrant la porte de la cuisine. Il s'appelle Simon.

J'avais compris.

Nouveau ! Ah ah. Flippi a saisi la balle au bond pour l'inviter avant que les autres ne l'avertissent. Et quand on est nouveau, on est tout content que quelqu'un vous adresse la parole. Même si c'est Flippi. Et Flippi était disposée à passer sur le fait que Simon était un garçon.

– Alors, laisse-les tranquilles, a répété ma mère. Ne t'en mêle pas.

Elle m'a jeté un regard lourd de sens et a disparu dans sa chambre.

Dès qu'elle a été hors de vue, je me suis précipitée à la cuisine. Autant prévenir le malheureux de ce qui l'attendait.

– Salut ! Je suis Jojo. La sœur de Flippi.

Flippi m'a toisée brièvement et a dit :

– C'est faux. D'accord, ma mère affirme que Jojo et moi sommes apparentées. Mais la vérité est qu'elle est allée chercher Jojo dans un refuge pour animaux.

Simon s'est arrêté de mâcher et nous a regardées tour à tour, désemparé.

J'ai poursuivi :

– Tu sais, j'espère, que tu ne dois pas contredire Flippi. À moins que tu aimes les yeux au beurre noir et les coups de poing sur le nez.

Simon a hoché la tête.

– Oui, elle me l'a déjà dit.

Flippi a eu un grand sourire sardonique.

J'ai pris ma respiration et j'ai tiré mes dernières cartouches.

– Est-ce que Flippi t'a raconté quel était son passe-temps préféré ?

Flippi s'est redressée, elle a croisé les bras sur la poitrine et elle a attendu. Elle devait être sûre de son coup. Moi aussi : un élevage d'escargots mettrait n'importe qui en fuite.

– Non.

Simon a secoué la tête en me regardant d'un air intéressé.

J'ai fait une pause. Puis j'ai dit lentement et en détachant les mots :

– Elle élève des escargots !

Très contente de moi, j'ai attendu la réaction de Simon.

Elle n'a pas tardé. Il s'est tourné brusquement vers Flippi.

– C'est vrai ?

Flippi a répondu, prête à l'attaque :

– Eh oui !

Le visage de Simon s'est éclairé.

– C'est super ! Moi aussi !

C'était au tour de Flippi d'être interloquée.

– C'est pas vrai !

– Mais si ! a assuré Simon. J'en ai sept !

– Waouh !

Flippi était tout feu tout flamme.

J'ai poussé un grand soupir et j'ai quitté la cuisine.

Flippi a une veine de pendue.

Mardi 28 novembre

Moi aussi.

Enfin, un peu.

J'avais rendez-vous avec Lucilla et Carla au centre commercial. Sven devait nous rejoindre un peu plus tard.

Les deux poulettes m'attendaient comme toujours près de la fontaine. Elle est située au carrefour des allées principales et c'est de là qu'on a le meilleur point de vue. C'est-à-dire qu'on voit et qu'on est vu.

Je me suis assise au bord de la fontaine, en prenant la pose. Des types que je connaissais vaguement sont arrivés, et je me suis dit que ce serait encore plus cool si je me redressais en m'appuyant sur une main, l'air très décontracté.

Je m'en serais dispensée, évidemment, si je m'étais rappelé à temps que j'étais assise au bord d'une fontaine. J'ai donc plongé le bras droit dans l'eau. Paniquée, j'ai agité l'autre bras pour ne pas perdre l'équilibre et j'ai retiré vite fait le bras droit de l'eau.

Dans le mouvement, j'ai arrosé tout le monde à la ronde. Carla s'est mise à hurler, attirant ainsi l'attention du peu de gens qui n'avaient pas encore remarqué ma maladresse. Je me suis levée d'un bond, la manche droite dégoulinant d'eau.

Encore une chance qu'aucun poisson rouge ne s'en soit échappé.

J'étais furieuse. Je ne savais que dire. Surtout, je ne savais pas à qui m'en prendre.

–Est-ce que tu as encore essayé de repêcher des pièces dans le bassin ? a demandé une voix bien connue.

C'était Flippi. Elle était à deux pas, en train de déguster une glace.

Carla déteste Flippi, parce que Flippi la nargue sans arrêt. C'est pourquoi elle a dit, avec un regard en coin du côté de ma sœur :

–Je ne comprends pas qu'on laisse circuler en liberté un tel danger public.

Tout le monde sait ce que je pense de Flippi. Mais personne, à part moi, n'a le droit d'insulter ma sœur. Là, je ne connais pas de pardon.

Flippi ne m'a pas laissé le temps de répliquer. D'une voix douce, elle a répondu à Carla :

–Justement, ma mère m'a bien dit qu'il fallait que je l'attende gentiment ici et que je ne me mêle surtout pas à la racaille. Elle faisait sans doute allusion à toi.

–Tu mérites des claques ! a riposté Carla.

– Oh, je trouve Flippi franchement adorable ! est intervenue la brave Lucilla.

Carla a levé les yeux au ciel.

Flippi continuait tranquillement à déguster sa glace.

J'ai senti venir la catastrophe. Flippi ne laisse passer aucun outrage. Mais j'ignorais à qui elle allait s'en prendre, Lucilla ou Carla. Lucilla n'avait dit que des gentillesses, mais pour Flippi c'est presque pire que des injures : elle est allergique aux gentillesses.

Flippi a fait mine de s'éloigner, sa glace à la main. Elle est passée près de Carla, et a trébuché. Son numéro a été parfait : la glace a atterri en plein sur le pull de Carla.

Carla a fusillé Flippi du regard, mais avant qu'elle n'ait le temps de protester, Flippi lui a fait une scène :

– Rends-moi ma glace ! Je veux ma glace, ma bonne glace ! Ça m'a coûté un euro ! Allez, vite, rends-moi mon argent !

– Non, mais ça va pas la tête ? a hurlé Carla, furieuse.

Une vieille dame, qui avait assisté à la scène, s'est approchée et quand Flippi, cette comédienne, a éclaté en sanglots, la dame lui a donné un euro et a frappé Carla avec son sac à main.

Flippi, un sourire aux lèvres, est retournée acheter une nouvelle glace.

Je trouvais que Flippi exagérait, mais, entre nous, c'était amusant de voir la tronche que tirait Carla.

–Y a pas de quoi rire ! a grogné Carla.

Elle est allée vers la fontaine pour laver son pull.

J'ai ricané.

Soudain, Carla s'est arrêté de frotter son pull et a tiré Lucilla par la manche, tout excitée. Elle avait repéré un type dont, apparemment, elle est amourachée depuis un moment. Je me suis dressée sur la pointe des pieds pour découvrir qui était le malheureux élu.

Et qui vois-je ? Marc ! Formidable ! Carla la râleuse en pince pour un demeuré.

J'ai pris la pose, de sorte qu'il me remarque, et je lui ai adressé un grand sourire. Il est tombé dans le panneau. Dès qu'il m'a aperçue, il s'est approché de moi, l'air réjoui.

–Hé, salut, ça va ? a-t-il demandé.

– Super, ai-je répondu. C'était marrant, l'autre jour, ai-je ajouté en espérant que Carla allait en crever de jalousie.

Le type de ses rêves me parle. Grrr. Et, visiblement, nous nous connaissons bien.

– Hé, je m'appelle Carla, s'est présentée Carla.

Elle ne manque pas d'air.

– Et voici ma copine Lucilla, ai-je dit en appuyant sur le mot « copine ».

J'ai poussé Lucilla devant Carla, tout contre Marc.

Malheureusement, Lucilla s'est mise à glousser. Il faut vraiment qu'elle perde cette habitude ridicule.

Marc a levé la main en guise de salut.

– Hé ! a-t-il dit.

Et il a tendu le cou pour s'adresser à moi par-dessus la tête des deux poulettes.

– Ça te dirait, une pizza ?

Je rayonnais. L'idole de Carla m'invite à la pizzéria. Il y a une justice sur Terre.

Avec mon plus beau sourire, j'ai répondu :

– Désolée, aujourd'hui, je suis prise. Une autre fois, d'accord ?

Carla s'est raclé la gorge.

Je me suis empressée de la contourner et j'ai pris Marc par le bras pour le tirer de côté. Je ne savais pas quoi lui demander, je voulais juste empêcher que Carla le harponne et se fasse inviter à la pizzéria.

–Et le collège, ça se passe bien? ai-je demandé.

Marc m'a regardée, décontenancé.

–Ça va, a-t-il répondu.

Je l'ai entraîné encore plus loin.

–Comment était l'exposé? ai-je continué.

–Quel exposé?

–Tu sais bien, sur les pirates.

Marc m'a dévisagée. Tout à coup, une lumière s'est allumée dans sa petite tête.

–Ah, c'est toi!

Ça m'a un peu désarçonnée. Il se souvenait de moi seulement maintenant? Est-ce qu'il aborde toutes les filles qui lui sourient? Non, mais quelle andouille!

J'étais vraiment à court de conversation. Qu'est-ce qu'on raconte à un type avec qui on n'a pas envie de parler?

–Et à part ça?

–Ça boume.

–Super. Euh… je veux dire: cool.

J'ai louché du côté de Carla et de Lucilla. Elles étaient assez loin, maintenant. Je pouvais l'abandonner.

– Ben, salut, ai-je dit en montrant les deux poulettes, il faut que je les rejoigne.

Marc a hoché la tête.

– À une autre fois, ai-je dit.

– *See you*, a répondu Marc en s'éloignant.

Il n'a rien dans le crâne. Super mignon, mais rien dans le crâne.

Je suis retournée vers les deux poulettes, juste à temps, car Sven arrivait à cet instant.

– Oh, s'est exclamée Carla en apercevant Sven, tu as failli rater Jojo ! Elle allait partir avec Marc.

– Mais tu l'en aurais sûrement empêchée ? a répondu Sven, en souriant à pleines dents.

Carla a viré au rouge tomate. Elle ne sait jamais si Sven se moque d'elle ou non.

– Tu m'embêtes, a-t-elle répliqué à tout hasard.

Puis elle a ordonné à Lucilla :

– Allez, viens !

Elle a pris Lucilla par le bras et l'a entraînée loin.

Lucilla s'est retournée vers Sven pour lui dire :

– Je te trouve vraiment sympa.

Sven s'est écroulé de rire. Il lui a répondu :

– Moi aussi. Tu viens en deuxième position, juste derrière Jojo.

Lucilla, rayonnante, a rosi de façon charmante.

J'ai donné un baiser à Sven, sur la joue. J'étais fière de lui. Il est siiiiiii mignon. Parfait.

Sven m'a regardée :

– Et à propos de Marc… Tu as quelque chose à dire ?

J'ai ouvert de grands yeux étonnés.

– Il n'y a strictement rien à dire. Parole d'honneur.

Sven m'a prise dans ses bras… pour me relâcher aussitôt. Du bout des doigts, il a soulevé la manche trempée de mon pull.

– Qu'est-ce que c'est ? a-t-il demandé.

J'ai regardé la manche et j'ai joué la surprise, comme si je découvrais la catastrophe.

– Quoi ? Je rêve ! me suis-je écriée, furieuse. Encore ma montre qui fuit !

Sven a éclaté de rire. Puis il a insisté :

– Que s'est-il vraiment passé ? Est-ce que la police fluviale est sur tes traces ?

– Oui ! ai-je avoué. Sauve-moi !

Sven a secoué la tête.

– Non, désolé. La justice doit suivre son cours.

– Alors, emmène-moi au cinéma, l'ai-je supplié.

Pour plus de sûreté, je l'ai regardé avec de grands yeux énamourés.

Sven a plongé ses yeux dans les miens, puis il a ri et m'a donné un baiser.

– D'accord, a-t-il dit, on va doubler un film.

– Quoi ?

– Viens, tu vas comprendre.

La séance de cinéma a été une bonne partie de rigolade. Sven était en super forme. Il a « doublé » le film, c'est-à-dire, chaque fois qu'un acteur prononçait une phrase, Sven a inventé un autre texte. C'était super drôle.

Par exemple, dans une scène hyper romantique, tandis que le héros disait : « Tes yeux brillent comme des émeraudes dans la nuit », on entendait la voix de Sven déclamer : « C'est vrai. Ton opticien a fait du bon boulot avec les lentilles ».

Ou bien, quand le méchant ordonnait au héros : « Fais ton testament, ta dernière heure est venue ! », on entendait : « Rends-moi les gaufrettes. C'est ma mère qui me les a données ! ».

Et quand le méchant, dans un bar, commandait : « Un whisky soda avec des glaçons », Sven disait à voix haute : « Un gâteau de semoule. Mais sans raisins secs ».

J'étais morte de rire. Mais nous avons dû quitter le cinéma, parce que plusieurs spectateurs se sont plaints à la direction.

Sven m'a raccompagnée à la maison et nous avons traîné un moment dans ma chambre. Tout à coup, ma mère a fait irruption pour annoncer, très excitée :

– Je sais ce que nous allons faire à la Saint-Sylvestre.

La Saint-Sylvestre est un fête archi ennuyeuse, parce que ma mère s'accroche aux traditions : serpentins, chapeaux en papier et fondue au fromage. La Saint-Sylvestre est loin d'être ma fête préférée.

– Tu sais…, ai-je commencé avec ménagement.

Mais ma mère m'a coupé la parole.

– Cette année, nous fêterons la Saint-Sylvestre au théâtre ! s'est-elle écriée, enthousiaste.

– Ça ne va pas déranger les acteurs pendant la représentation ? a demandé Sven, sourire en coin.

– Mais non, il n'y aura pas de représentation. Le théâtre organise une fête pour ses collaborateurs, a répondu ma mère.

Elle ne s'est toujours pas habituée à l'humour de Sven.

– Un bal costumé. Avec pour thème : « Les couples célèbres ». On y va tous ensemble.

Hou ! Super ! La Saint-Sylvestre avec Sven et ma mère. Au théâtre. Ma mère y travaille. En fait, à notre grand regret, elle travaille le plus souvent à la maison. Elle est costumière. Elle dessine et réalise des costumes pour les pièces jouées au théâtre.

– C'est formidable, non ? s'est exclamée ma mère.

– Non, franchement pas !

Il ne manquerait plus que ça, aller à une fête avec ma mère.

– Tu ne peux pas faire ça à Sven, ai-je ajouté.

Le visage de ma mère s'est assombri.

– Et pourquoi ? a dit Sven. Ça a l'air super.

Apparemment, il ne comprenait pas de quoi il retournait.

– Avec ma mère ? ai-je grogné.

Il m'a regardée et a grogné à son tour :

– Je suis obligé de danser avec elle ?

– Tu n'as pas intérêt !

Ce serait la honte ! Sven a haussé les épaules.

–Alors, je ne vois pas où est le problème. Et j'aime bien le thème du bal costumé.

–Les couples célèbres ? ai-je demandé.

–Oui, c'est super.

Ma mère rayonnait. Elle m'a lancé un regard triomphant.

–Trouvez une idée géniale pour votre costume et je vous le couds, a-t-elle lancé, joyeuse, avant de nous laisser seuls.

J'ai réfléchi.

Après tout, ça pourrait être assez romantique.

–On pourrait y aller en Roméo et Juliette, ai-je proposé.

–J'aurais l'air débile en collants, a répondu Sven.

–Ne dis pas de bêtises, c'est moi qui serai Juliette.

–Ah bon ! C'est une bonne nouvelle, a dit Sven. Mais l'ami Roméo porte aussi des collants.

–Et alors ?

Ça m'était vraiment égal.

–Roméo et Juliette… C'est siiiii romantique.

Sven a hoché la tête.

–C'est vrai. Surtout quand ils gisent tous les deux, raides morts, au cimetière de Vérone.

Je suis restée muette deux secondes.

– Tu lis trop de livres ! ai-je répliqué finalement.

Mais j'ai dû avouer que je n'avais pas pensé à la fin des deux héros.

– Alors, propose autre chose ! ai-je dit.

Il a souri.

– Blanche-Neige et les sept nains. Non ? Bon, d'accord, Blanche-Neige et *un* nain.

J'ai boudé.

– Tu ne prends rien au sérieux, lui ai-je reproché.

– Fred et Wilma Pierrafeu ? a-t-il poursuivi sans se démonter.

Je n'ai plus rien dit. S'il n'avait que des sottises en tête…

– J'ai trouvé ! s'est-il écrié. Miss Piggy et Kermit la grenouille.

– Oui, très marrant, ai-je dit d'un air pincé.

Flippi est entrée en trombe dans ma chambre.

– Hé, ça va pas la tête ? ai-je râlé. On ne t'a jamais dit de frapper avant d'entrer ?

– Je ne frappe pas à la porte quand j'entre dans une décharge !

Sven a éclaté de rire. Il trouve Flippi très drôle.

– Disparais, nabot. En plus, ta chambre est pire que la mienne, ai-je grondé.

Flippi a levé les mains en signe d'apaisement.

– Ne crois pas que je vais rester ici plus longtemps que nécessaire. Je voulais juste vous prévenir que Hänsel et Gretel sont déjà pris.

– Quoi ? Tu as fondé une agence matrimoniale ?

– Pour la Saint-Sylvestre ! Simon et moi, on se déguise en Hänsel et Gretel.

Je me suis précipitée dans le couloir.

– Maaaaman ! Pourquoi Flippi va aussi à la fête ?

Ma mère est sortie de son atelier, un mètre de couturière autour du cou, des épingles dans la bouche.

– Je ne veux pas qu'elle vienne ! ai-je protesté.

Ma mère a froncé les sourcils. Elle a ôté les épingles de sa bouche et a dit :

– Ah ? Et qu'est-ce que tu as prévu pour ta sœur ?

– On ne peut pas s'amuser s'il y a des enfants ! ai-je plaidé.

Ma mère m'a lancé un regard noir.

– Je suis entièrement de ton avis. Malheureusement, je n'ai trouvé personne qui soit prêt à vous adopter avant la Saint-Sylvestre.

Sur ce, elle a disparu dans son atelier. Sven était écroulé de rire.

– Ta mère a vraiment le sens de l'humour.

– De quel côté es-tu ? lui ai-je demandé, furieuse.

Flippi s'est tournée vers Sven qu'elle considérait visiblement comme le plus censé de nous deux.

– Bon, c'est compris ? Hänsel et Gretel sont pris.

Sven a mimé la déception.

– Oui, compris. C'est vraiment dur pour nous. Jojo se réjouissait d'apparaître déguisée en Hänsel.

– Elle devrait aller à la fête en bête. De *La Belle et la Bête*. Comme ça, elle n'aurait pas besoin de costume, a dit Flippi en quittant la chambre.

– Qu'est-ce que tu en dis ? a demandé Sven pour rire.

– Pff, me suis-je contentée de répondre.

Sven a éclaté de rire et m'a prise dans ses bras.

– Pourquoi fais-tu cette tête ?

–Tu crois que c'est amusant de sortir avec sa mère et sa petite sœur ?

–Hé, je croyais que j'étais aussi de la fête, a dit Sven.

–Il ne s'agit pas de ça. C'est une question de principe.

Sven a souri.

–Si tu veux mon avis, on devrait y aller et bien s'amuser, pour le principe.

Il ne comprenait rien à la situation. Mais il était siiiii mignon. Je me suis blottie dans ses bras en disant :

–D'accord, si tu y vas, j'y vais aussi.

Il m'a embrassée. Ah, c'était tellement romantique !

–Tu penses vraiment que Roméo et Juliette, ce n'est pas une bonne idée ? ai-je demandé.

–On trouvera sûrement quelque chose de mieux.

Oui, sûrement.

–Avec qui ta mère ira au bal ? a voulu savoir Sven.

–Avec Oscar.

Oscar est décorateur au théâtre. Nous le connaissons depuis toujours. Quand mon père s'est fait la malle, Oscar s'est beaucoup occupé de ma mère, de Flippi et de moi. Mais quand il a demandé à ma mère de l'épouser, elle a rompu brutalement leur relation. La phobie du mariage. Ils sortent encore ensemble, de temps à autre.

– Et Flippi ? A-t-elle trouvé un cavalier ?

J'ai regardé Sven avec de grands yeux. Flippi ? Ah, oui ! Simon. C'est le seul garçon qui supporte Flippi.

– Simon, ai-je répondu.

Je commence à m'inquiéter sérieusement pour ce pauvre garçon. Il faudrait le prévenir.

Le plus bizarre, c'est que Flippi soit prête à paraître en public avec lui. D'habitude, elle refuse d'être vue en compagnie de garçons. Simon est autorisé à lui rendre visite chaque après-midi, mais à l'école, il n'a pas le droit de lui adresser la parole.

Pourquoi Flippi a-t-elle changé d'avis ? Elle n'est quand même pas amoureuse de Simon !

D'un autre côté, ce serait génial si elle embrassait Simon. Finis les ennuis avec l'ours magique…

Mais oui ! L'ours magique ! C'est le vœu que j'ai fait ! Un baiser et plus de magie pour Flippi.

Et le reste du monde n'aurait plus à redouter les idées saugrenues de cette petite peste.

J'ai sauté au cou de Sven en m'écriant :

– Oui, Flippi va avec Simon au bal ! Et si tout se passe bien, alors tout va bien !

Sven m'a repoussée, puis à son tour il m'a sauté au cou en s'écriant :

– Oui, Jojo va avec Sven au bal ! Et la nuit, il fait plus froid dehors que dedans !

– Quoi ? ai-je demandé en me dégageant. Ça ne veut rien dire.

Sven a hoché la tête.

– Alors, nous sommes quittes !

Franchement, parfois, Sven est un peu bizarre.

Mercredi 29 novembre

Trop nul, aujourd'hui. J'ai encore réussi à me ridiculiser totalement. Devant Carla, par-dessus le marché !

J'ai dû aller faire des courses. Pour ma mère. Et devinez ce qu'il y avait sur la liste ? Du papier toilette. Le paquet familial de vingt-quatre rouleaux. Elle me fait toujours le coup quand elle est fâchée avec moi. Elle m'envoie chercher du papier toilette. Parce qu'elle sait très bien que ça me gêne.

Il fallait que je trouve une parade. J'ai imaginé un plan d'enfer : j'ai décidé d'emporter du papier cadeau ; j'envelopperais le papier toilette et je pourrais rentrer la tête haute à la maison. Pas mal, non ?

Franchement, ce plan était génial.

Au début, c'était amusant de se promener avec le « cadeau » géant dans les rues et d'observer comme les gens se retournaient sur mon passage. Ils devaient sûrement se demander ce qu'il y avait sous l'emballage.

J'étais très fière de mon plan.

J'ai estimé que je méritais une récompense. Je suis donc allée au centre commercial dans une boutique d'accessoires de mode (bijoux fantaisie, barrettes et paillettes). Je voulais acheter une nouvelle barrette. J'adore ça.

J'ai tendu la main vers une barrette en même temps qu'une autre fille. Elle a été plus rapide que moi. Furieuse, je me suis tournée vers elle. C'était Carla.

– C'est pas ton style, a-t-elle dit pour m'amadouer.

– Je n'en voulais pas, de toute façon, elle est archi moche, ai-je rétorqué. Je voulais juste…

Carla ne m'écoutait déjà plus. Elle fixait, comme hypnotisée, un point à l'extérieur du magasin. Elle avait découvert Marc. Et là, nous avons eu la même pensée, elle et moi : vite, dehors, pour ne pas rater le beau Marc.

Je me suis précipitée vers la porte.

Malheureusement, cette idiote de Carla a eu le même réflexe. Le résultat a été que Carla, moi et le paquet géant, nous sommes restés coincés dans la porte. Il y a eu bousculade, accrochage, j'ai entendu Ratch !, puis Plop !, et enfin nous avons réussi à nous dégager.

Aussitôt, Carla a pris position au milieu de l'allée pour harponner Marc au passage.

– Comment ça va ? lui a-t-elle demandé en clignant des paupières.

– Ça va, a répondu Marc avec un grand sourire. Et toi ?

Carla m'a jeté un regard triomphant. Ça m'a rendue folle de rage. J'étais vraiment furieuse contre Carla. Surtout quand elle a demandé à Marc, d'une voix sucrée :

– Si on allait boire un Coca ?

– OK, a répondu Marc en haussant les épaules.

Non, mais je rêve ! ai-je pensé. De quoi elle se mêle, celle-là ! Elle ne connaît même pas Marc. Je le connais depuis plus longtemps qu'elle.

– Hé, ai-je susurré, on n'avait pas prévu d'aller à la pizzéria ?

Cela m'a valu un regard furibond de Carla. Quant à Marc, il semblait dépassé par la situation.

– Ah, oui, c'est vrai, la pizzéria ! Pas de problème, ça marche, a bafouillé Marc.

Puis il a réfléchi.

– En fait, j'avais prévu d'aller au cinéma.

Je rayonnais.

– Au cinéma ? Cool. Encore mieux.

J'ai lancé à mon tour un regard triomphant à Carla. Bien fait pour elle !

Elle a respiré un grand coup, puis, avec son plus beau sourire, elle s'est tournée vers Marc et a dit d'un ton qui n'autorisait aucune objection :

– Oublie le cinéma. Nous allons tous les deux boire un Coca.

Elle a passé son bras sous le sien et Marc a obtempéré sans protester.

J'ai souri, sûre de la victoire : Carla pouvait bien aller boire un Coca avec lui. Qu'est-ce qu'un Coca en comparaison d'une soirée au cinéma ? Et c'est lui qui m'avait invitée !

J'avais gagné cette manche. Haut la main.

Carla s'est donc éloignée avec Marc.

Marc s'est retourné, m'a adressé un signe de la main et, montrant le paquet que je tenais sous le bras, il a lancé à haute voix :

– Tu es en train de perdre ton papier toilette.

Je l'ai fixé, totalement décomposée. Est-ce qu'il avait des rayons X à la place des yeux ? Et pourquoi hurlait-il aussi fort ? Les gens se tournaient déjà vers moi.

J'ai regardé mon paquet. Nul besoin de rayons X pour voir ce qu'il contenait : l'emballage était à moitié déchiré, et le film plastique qui retenait les rouleaux de papier toilette menaçait de céder.

J'aurais voulu disparaître sous terre. À l'instant même.

Pourquoi ça n'arrive qu'à moi, des choses pareilles ? Je crois avoir gagné la partie à cause de l'invitation au cinéma, je me sens super cool, et boum ! je me retrouve brusquement avec un paquet de papier toilette dans les bras au vu de tout le monde !

Pourquoi ?

J'ai retiré ma veste, j'ai enveloppé dedans le paquet crevé et j'ai filé à la maison.

Après un moment de déprime, je me suis rappelé que Marc m'avait invitée au cinéma. J'ai quand même battu Carla à plate couture.

Il fallait que je raconte ça sans tarder à Lucilla. Je l'ai appelée depuis la première cabine téléphonique que j'ai trouvée sur mon chemin.

Lucilla était horrifiée.

– Tu ne peux pas faire ça, Jojo !

– Pourquoi ?

– À cause de Sven.

Sven ? Je n'avais pas pensé à lui une seconde. Ça ne le concernait pas. Lucilla ne comprend jamais rien.

– Je vais juste au cinéma avec Marc, lui ai-je expliqué.

Lucilla n'a rien répondu.

– Sven est d'accord, lui ai-je assuré.

–Tu es sûre ?
–Absolument sûre !

Jeudi 30 novembre

Qui l'aurait cru ? Sven n'est pas d'accord. Pas d'accord du tout.

Nous sommes allés à la pizzéria aujourd'hui. Je suis arrivée avant Sven et j'ai cherché une place tout au fond, dans un coin. Je me suis installée et j'ai commandé un Coca. J'ai sorti mon cahier de maths et ma trousse pour faire mes devoirs. Je n'avais pas eu le temps à la maison.

J'avais à peine commencé quand Sven est apparu.

Il m'a embrassée tendrement. Et tout de suite, je lui ai dit :

–Devine !

–Quoi ? a-t-il demandé en s'asseyant en face de moi.

–Avec qui je vais au cinéma ?

–Tiens, avec moi, naturellement ! a-t-il répondu en riant.

–Non, ai-je répondu, pas avec toi ! Avec Marc !

Sven a cessé aussitôt de rire.

–Tu parles sérieusement ? C'est une plaisanterie ?

Je l'ai regardé avec de grands yeux.

–Non, ce n'est pas une plaisanterie, ai-je dit, troublée. Pourquoi es-tu étonné ?

Sven a respiré un grand coup, puis il a retrouvé son calme.

–Pourquoi veux-tu aller au cinéma avec Marc ?

–Parce qu'il me l'a demandé.

–Ah, ça c'est une raison. Si je te demande d'aller cambrioler une banque avec moi, tu le fais ?

–Ce n'est pas la même chose.

–Pourquoi ? Parce que tu n'as pas de masque sous la main pour te dissimuler le visage ?

–Oui.

Sven a secoué la tête, agacé.

Je suis revenue au sujet de départ.

–Ça n'engage à rien. On va juste au cinéma.

–Je ne trouve pas ça bien.

–Donne-moi une raison, une seule.

–Je peux te donner un tas de raisons, mais toi, donne-moi une seule bonne raison de sortir avec lui ?

–Écoute, je n'aime pas que tu me dictes ma conduite !

Sven a souri. Un sourire amer.

–Je ne te dicte pas ta conduite. Tu peux faire ce que tu veux. Je souhaite simplement que, de toi-même, tu renonces à aller avec lui au cinéma.

–C'est ce que je dis, tu me dictes ma conduite !

–Non, pas du tout.

Notre première dispute s'annonçait. Mais je n'avais aucune envie de me disputer avec lui.

Le serveur nous a interrompus en apportant mon Coca.

J'ai tenté d'amadouer Sven.

–Ça devrait te faire plaisir que d'autres garçons me trouvent sympa et souhaitent aller au cinéma avec moi.

–Jojo, ça m'est vraiment égal de savoir comment les autres te trouvent.

–Quoi ? me suis-je écriée, indignée.

–Tu me plais. Même si tous les autres te trouvent débile.

–Comment peux-tu être si… si…

–Si… quoi ?

–Si… comme tu es.

–Comment peut-on être aussi borné ? s'est exclamé Sven.

Je n'y comprenais plus rien. Que se passait-il? J'avais la nette impression que Sven n'appréciait guère que j'aille au cinéma avec Marc.

La question était: allais-je accepter que Sven m'interdise de sortir avec un autre garçon?

Pour une femme émancipée comme moi, il n'y avait qu'une réponse: jamais de la vie!

J'ai mis mon sac à dos sur mes genoux, j'y ai jeté mon cahier et ma trousse et je me suis levée.

Je n'ai pas remarqué, malheureusement, que, dans ma colère, j'avais fourré un morceau de la nappe dans le sac. En m'éloignant de la table, tête haute, j'ai emporté la nappe et tout ce qu'il y avait sur la table.

Le verre est tombé avec fracas sur le sol et je me suis retrouvée au milieu d'une mare de Coca.

–Jojo doit être par là au fond, d'où vient le bruit, a dit une voix.

Flippi! Deux secondes après, ils m'avaient rejointe: ma sœur, ma mère et Oscar. Eh bien, bravo. Ils n'auraient pas pu choisir une autre pizzéria?

Flippi a aperçu la nappe accrochée à mon sac à dos et a déclaré bien fort:

–Maman t'a strictement interdit de voler des nappes. Nous en avons assez à la maison.

Je n'ai rien répondu. Je n'avais qu'un souhait : disparaître le plus vite possible.

Vendredi 1er décembre

J'ai réfléchi à toute cette histoire. Je veux dire à Sven, Marc et le cinéma.

Si ça pose problème à Sven, après tout, Marc ne m'intéresse pas, je ne suis pas amoureuse de lui ; je pourrais donc renoncer à ma sortie au cinéma avec lui, pour faire plaisir à Sven.

Quand Sven est venu me chercher, cet après-midi, je lui ai annoncé, toute fière, ma décision.

Mais il a eu une réaction bizarre.

–Tu n'attends quand même pas que je te félicite?

J'étais vexée.

Alors, il m'a prise dans ses bras, m'a serrée tendrement contre lui et a chuchoté à mon oreille :

–Je suis très content que tu n'ailles pas au cinéma avec Marc.

Ça m'a consolée et nous sommes partis au centre commercial.

–Viens, je t'achète quelque chose ! a dit Sven.

J'ai essayé de négocier :

–Est-ce que je peux choisir ? ai-je demandé.

–Non, a dit Sven. C'est moi qui décide.

–Pourquoi ? ai-je rétorqué, froissée.

–Parce que c'est moi qui paye.

Hmm, drôle de logique.

Nous sommes entrés dans une boutique de jouets. Sven m'a acheté un canard en peluche, avec un grand bec jaune vif.

–Un canard en peluche ? ai-je fait, étonnée.

Il était très mignon, pas de doute, mais pourquoi un canard ?

Sven a eu un petit sourire en coin.

–Il me fait penser à toi.

J'étais tout émue.

–Merci, il est vraiment chou.

Évidemment, il a eu droit à un baiser. Sven, pas le canard.

Je n'aurais peut-être pas dû poser la question, mais j'avais trop envie de savoir :

–Pourquoi le canard te fait-il penser à moi ?

Sven m'a serrée dans ses bras en souriant de plus belle.

–Parce que tu ne peux pas t'empêcher d'ouvrir le bec.

Je me suis dégagée et j'ai demandé, scandalisée :

–Qu'est-ce que tu veux dire ?

Sven a respiré un bon coup.

–Sans vouloir te vexer, tu parles beaucoup et tes explications embrouillées pour les choses les plus simples te jouent de mauvais tours*.

Il a attendu.

J'ai boudé.

–Je n'ai pas dit ça méchamment, a-t-il murmuré tendrement.

Je le savais, bien sûr, mais j'aime bien bouder.

–Achète-moi un cœur en pâte d'amandes et je te pardonne ! ai-je proposé en serrant le canard en peluche contre moi.

Je le trouvais vraiment mignon, et encore plus mignon puisqu'il venait de Sven.

Ah, l'amour est quelque chose de merveilleux !

J'ai eu mon cœur en pâte d'amandes et j'en ai acheté un pour Sven.

–Je n'aime pas la pâte d'amandes, a dit Sven.

–Je sais, ai-je dit en mordant dans le cœur que je venais de lui offrir. Mais moi, j'adore !

* Voir *Miss Catastrophe*, tome 3 : *L'amour rend blonde.*

Il a éclaté de rire. Je lui ai acheté ensuite un cœur en nougat et il a juré qu'il le garderait toute sa vie.

Tendrement enlacés, nous avons croisé Lucilla et Carla près de la fontaine du centre commercial.

Et à partir de ce moment, je voudrais effacer l'après-midi, car tout est allé de travers.

Lucilla était super contente de me voir et j'ai eu droit à une longue série de bises. Carla s'est contentée de jeter un coup d'œil à Sven et de déclarer :

– Tiens, le chéri du jour.

J'ai froncé les sourcils, exaspérée. Je ne comprenais pas ce qu'elle voulait dire, mais je me doutais que c'était une méchanceté. J'ai regardé Sven d'un air interrogateur.

Il s'est penché vers moi et a expliqué :

– Elle veut dire que je suis au menu aujourd'hui.

Ce n'était pas plus clair.

Carla a eu un sourire suffisant.

– Lucilla m'a raconté que tu mourais d'envie d'aller au cinéma avec Marc.

J'ai fusillé Lucilla du regard.

Lucilla a protesté :

– Ce n'est pas ce que j'ai dit.

Sven a pincé les lèvres et je me suis empressée de dire :

– Marc ne m'intéresse pas le moins du monde.

Carla a hoché la tête.

– C'est aussi ce que je dirais si je n'avais pas la moindre chance.

J'étais folle de rage. Cette Carla est vraiment une peste.

Là-dessus, Marc est arrivé. Il tombait à pic. La catastrophe se préparait.

– Hé, salut les potes ! s'est-il écrié joyeusement. De quoi est-il question ?

– D'une sortie au cinéma, a répondu Carla.

Marc l'a regardée d'un air étonné.

– Avec Jojo ! a-t-elle ajouté en pointant son doigt sur moi.

– Aujourd'hui ? a demandé Marc, déconcerté.

J'ai hoché la tête, incapable de sortir un son. Je me sentais vraiment mal.

Marc s'est tourné vers Sven.

– Ben, d'accord, si tu n'y vois pas d'inconvénient.

Sven a eu un sourire glacial.

– Aucun. J'ai prié expressément Jojo d'aller au cinéma avec toi.

C'était beaucoup trop subtil pour Marc, complètement largué.

Carla en a profité. D'une voix mielleuse, elle a dit à Marc :

– Si Jojo se dégonfle, je la remplace volontiers.

Marc a regardé Carla. J'ai regardé Carla.

– C'est très gentil de ta part de vouloir me remplacer, mais nous ne voulons pas gâcher la soirée de Marc. Je vais avec lui au cinéma.

Et vlan, dans les dents !

Marc était franchement dépassé. Côté intelligence, il n'a pas été spécialement gâté. Avec un sourire niais, il a dit :

– OK, OK. À demain. Je passe te prendre.

Sur ce, il a tourné les talons.

Carla m'a lancé un regard mauvais et a entraîné Lucilla avec elle.

Lucilla a trébuché en la suivant. Elle s'est retournée pour dire :

– On voulait aller à la pizzéria. Vous venez avec nous ?

J'ai secoué la tête sans mot dire tandis que les deux poulettes s'éloignaient.

Sven s'est tourné vers moi.

–Eh bien, tout s'est passé comme tu le voulais. Félicitations, Jojo!

–C'est de l'ironie, je suppose.

–Je n'oserais pas! a-t-il affirmé. Encore une chose: je ne me battrai pas pour toi. Ce n'est pas mon genre.

–Qu'est-ce que tu veux dire? ai-je demandé.

–Ma chère Jojo, est-ce qu'au moins tu te rends compte de ce que tu fais?

Il était furieux, je l'ai senti.

–Si pour toi, un triomphe sur Carla est plus important que moi, eh bien, vas-y. C'est bon à savoir.

–De quoi parles-tu? ai-je demandé, de plus en plus désemparée.

–As-tu pensé à ce que je pouvais ressentir? Peux-tu m'expliquer pourquoi, tout d'un coup, tu veux sortir avec Marc?

J'ai fixé la pointe de mes chaussures. J'étais franchement mal.

Comme je ne répondais rien, Sven a poursuivi:

–Pas de réponse, c'est déjà une réponse. Tu sais où tu habites, je suppose, tu trouveras sûrement le chemin toute seule.

Et paf! il m'a laissée en plan.

Mon Dieu, c'est horrible. Je ne sais plus comment je me suis fourrée dans ce pétrin. Mais ce n'était pas ma faute. Qu'est-ce que j'aurais pu faire?

Jamais je n'ai été d'aussi mauvaise humeur.

Samedi 2 décembre

Ça ne s'est pas amélioré. On dit toujours, quand quelqu'un a un problème: «Une bonne nuit là-dessus, et tout ira mieux demain.» Tu parles: c'est encore pire aujourd'hui. J'ai le moral à zéro.

Et ce soir, c'est le rendez-vous avec Marc. Je n'ai franchement pas envie de le voir. Le seul que je veux voir, c'est Sven.

J'ai donc appelé Sven.

Il n'était pas chez lui. Ou il refusait de répondre.

J'ai décidé d'annuler la soirée au cinéma avec Marc. Il irait le raconter à Sven et Sven se réconcilierait avec moi.

Excellent plan.

Aussitôt dit, aussitôt fait. Je me suis sentie mieux après avoir appelé Marc.

Tout va s'arranger.

Il y a encore un petit problème. Rien de tragique. C'est juste à cause du collège. Je n'y suis absolument pour rien, mais les profs ne sont pas du même avis.

C'est à propos des devoirs à la maison. Je n'ai pas eu le temps de m'en occuper ces derniers temps. Trop occupée.

J'avais plusieurs leçons de retard en français. Et en maths, j'étais loin d'être à jour.

M. Schneider, notre prof de maths, m'a convoquée à la fin de l'heure pour me sermonner. Il a essayé de m'expliquer que même les bons élèves (comme moi) devaient faire leurs devoirs. Et que la prochaine fois, il me collerait un zéro.

J'ai dit que je les avais faits, mais que j'avais prêté mon cahier et que je pouvais le lui montrer à l'interclasse de onze heures.

Il a accepté. En précisant que je n'avais pas intérêt à oublier.

Pendant la récréation, je me suis enfermée aux toilettes pour faire mes devoirs.

Je me suis aperçue, malheureusement, que j'avais oublié mon cahier de maths. Flûte. Où pouvait-il être ?

J'ai de la ressource, heureusement. J'ai pris mon cahier de physique, je l'ai retourné et j'ai calligraphié sur la première page (la dernière en fait) : *Mathématiques, Josefine Sonntag.*

Et voilà. Ça ressemblait vraiment à un cahier neuf. J'ai fait à toute vitesse mes exercices. J'étais très fière de moi. C'était bien la preuve que je pouvais me sortir de n'importe quelle situation.

En troisième heure, nous avions physique. À croire que le monde entier s'était ligué contre moi : le prof de physique a voulu ramasser les cahiers.

Je me suis figée quand il est arrivé vers moi. Je ne pouvais pas lui donner mon cahier, sur lequel j'avais fait mes maths. Mais si je ne le lui donnais pas, j'étais bonne pour un zéro.

J'ai vite glissé le cahier sous une pile de livres.

–Désolée, j'ai oublié mon cahier.

–Jojo, je vous avais avertis que je ramassais aujourd'hui les cahiers. Ceux qui ne le rendent pas ont zéro.

J'avais une seconde pour me décider : zéro en maths ou zéro en physique ? Physique !

–J'accepte le zéro, ai-je dit courageusement.

Mais les profs ne sont jamais contents. M. Jankowski l'a très mal pris. Il s'est mis à hurler que ça ne pouvait pas durer, que mes résultats étaient en baisse et que j'étais insolente.

–Mais vous avez dit vous-même que j'avais le choix ! lui ai-je rappelé.

–Tu n'avais pas le choix. Tu devais apporter aujourd'hui ton cahier. Le zéro est une punition, pas un choix.

J'ai haussé les épaules.

–Désolé, j'ai oublié.

–Dis à ta mère qu'elle prenne rendez-vous avec moi, a-t-il dit d'un ton sec.

J'ai respiré un bon coup. C'est la catastrophe. S'il y a une chose dont je peux me passer, c'est bien d'une visite de ma mère au collège.

Mais au moins, je pouvais présenter mes exercices de maths. À onze heures, je suis allée gentiment en salle des profs et j'ai tendu mon cahier à M. Schneider.

Il a saisi mon cahier, mais je m'y suis accrochée.

– Qu'est-ce que ça signifie, Jojo ?

– Vous ne pourriez pas regarder tout de suite mes exercices ?

– Non, je n'ai pas le temps. Viens le chercher après les cours.

– C'est impossible, ai-je dit.

Car s'il retournait le cahier, il s'apercevrait que c'était mon cahier de physique.

– Jojo, ça suffit, a-t-il dit en m'arrachant le cahier des mains.

Et il a quitté la salle.

Flûte de zut ! Je sens que je vais avoir des ennuis.

Il va demander une explication.

C'est exactement ce qu'il a fait en me rendant le cahier.

– Tes exercices sont corrects, mais pourrais-tu m'expliquer pour quelle raison tu as utilisé l'envers du cahier de physique ?

En fait, non, je ne pouvais pas lui donner la raison. Pas la vraie, du moins.

Mais il fallait bien dire quelque chose.

– C'est… à cause de… parce que…

Et là, j'ai eu une idée lumineuse. Je me suis penchée vers lui et j'ai murmuré :

– Nous n'avons pas d'argent. Ma mère n'a pas les moyens de m'acheter un deuxième cahier, c'est pourquoi j'ai utilisé le cahier de physique.

Un immense sentiment de compassion s'est peint sur son visage.

– Mais Jojo, il faut qu'on parle de ça. Prie ta mère de se mettre en contact avec moi. Nous allons trouver une solution. D'accord ?

J'ai hoché la tête et j'ai filé.

Quelle guigne !

Ma mauvaise humeur a encore empiré quand je suis rentrée à la maison. Une quinzaine d'escargots rampaient sur mon lit. Quant à Flippi et Simon, ils avaient réquisitionné toute ma réserve de vernis à ongles pour peindre leurs protégés. Seulement les coquilles, bien sûr. Flippi est passée des limaces aux escargots, parce qu'ils ont « un plus grand potentiel », comme elle dit.

J'ai couru trouver ma mère. C'en était trop pour moi. Il fallait qu'elle intervienne, si elle ne voulait pas que j'assomme Flippi.

Elle m'a suivie sans rechigner. J'ai ouvert la porte de ma chambre, dans un grand geste dramatique, j'ai tendu le bras vers les coupables et j'ai reculé d'un pas. Pour me mettre à l'abri. Au cas où ma mère exploserait.

Elle a passé la tête dans la chambre.

– Oh, que c'est mignon, les petits font du bricolage ! a-t-elle dit, très sérieusement.

– Quoi ? ai-je hurlé, perdant tout contrôle. Ils peignent des escargots ! C'est écœurant ! Et dans ma chambre ! Avec mon vernis à ongles !

Ça allait trop vite pour ma mère. Désemparée, elle nous regardait tour à tour, Flippi et moi.

– Que se passe-t-il ? a-t-elle demandé en essayant de prendre un air sévère.

Simon s'est empressé de revisser le bouchon du flacon de vernis et me l'a tendu en baissant la tête.

Je le lui ai arraché des mains pour aussitôt le jeter loin, dégoûtée.

– Des escargots ! Je ne peux plus l'utiliser ! Il a touché des escargots ! Beurk !

– D'un point strictement scientifique..., a commencé Simon, timidement.

– Tu n'as pas besoin de t'excuser, l'a interrompu Flippi. Ce n'est pas ta faute. Il voulait juste m'aider, a-t-elle poursuivi. En plus, il ne savait pas qu'il n'avait pas le droit d'utiliser le vernis à ongles de Jojo.

Ma mère a regardé Simon avec inquiétude.

–Tu mets du vernis à ongles, Simon? Est-ce que ta mère est au courant?

–Il ne s'agit pas de ça! Il peut mettre autant de vernis qu'il veut! me suis-je écriée. Il a…

–Jojo, m'a coupée ma mère. Je ne suis pas de ton avis. J'ai les idées larges, Dieu merci, mais un garçon qui se met du vernis à ongles… je ne sais pas… Tu ne veux pas en parler avec moi, Simon?

–Les garçons peuvent se mettre du vernis autant qu'ils veulent, sinon où est l'égalité? est intervenue Flippi.

Le front de ma mère s'est plissé.

–Mmh. C'est vrai. Tu as raison, naturellement. Après tout, ce n'est peut-être pas si grave. Je trouve seulement que… comment dire… À moins que ce soit à la mode, maintenant? Est-ce que les autres garçons de ta classe se mettent du vernis à ongles? a demandé ma mère à Simon.

Simon, incapable de prononcer un mot, s'est contenté de secouer la tête.

–Alors, tu devrais peut-être t'en dispenser. D'accord?

–D'accord, a balbutié Simon.

–Voilà, a conclu ma mère, la question est réglée.

Sur ce, elle a quitté ma chambre, satisfaite, en compagnie de Flippi et Simon.

J'ai poussé un soupir et me suis assise sur le lit. Mais j'ai repensé aux escargots et, dégoûtée, j'ai fait un bond et j'ai changé les draps.

Quand j'ai eu terminé, je me suis rappelé que je devais dire à ma mère d'appeler les profs.

Je me suis torturé la cervelle, mais je n'ai trouvé aucune idée pour faire passer la pilule. J'ai décidé de reporter au lendemain.

Il faut d'abord que Sven m'appelle et me dise que tout est rentré dans l'ordre. Je vais m'installer à côté du téléphone.

Dimanche 3 décembre

Mon plan n'a pas fonctionné. Sven n'a pas appelé.

Il est peut-être encore fâché. Mais pourquoi serait-il fâché puisque je ne suis pas allée au cinéma avec Marc ?

Bof, il finira par se calmer.

J'ai embrassé le canard en peluche. Cet après-midi, j'attendrai Sven à la sortie de son match de hockey, et tout s'arrangera.

Lundi 4 décembre

Tu parles ! J'ai attendu bien gentiment que Sven sorte du gymnase. Mais il est passé devant moi sans s'arrêter en me jetant un rapide salut.

– Hé ! l'ai-je appelé. De mauvaise humeur ?

– Ai-je une raison de l'être ? a-t-il répliqué.

– Non, pas le moins du monde, ai-je répondu avec assurance. Si on allait écouter des CD au centre commercial ? Et voir comment marchent les affaires ? ai-je proposé.

C'est un de nos passe-temps préférés. Sven joue au grand producteur de disques qui a des tas de stars sous contrat. Il se renseigne auprès des vendeurs de CD pour savoir si « ses » disques se vendent bien, il compare avec les chiffres d'autres artistes et décide s'il va les engager.

Ensuite, il dit : « Bébé, j'ai gagné deux millions la semaine dernière, viens, on va les jeter par la fenêtre. » Et il me paye un Coca.

Je sais qu'il adore ça.

– Alors ? ai-je insisté après un moment, car il ne disait rien.

– Je n'ai pas le temps.

Il a pris son vélo et l'a enfourché.

C'était mauvais signe. D'habitude, quand je n'ai pas mon vélo, il pousse le sien à côté de moi.

Il est resté un moment immobile et m'a regardée.

Je n'ai rien dit.

Il n'a rien dit.

Puis il a appuyé sur la pédale, a marmonné « Salut ! » et a disparu.

Je suis restée plantée là comme une idiote.

Quelle andouille ! C'était quoi, ce petit jeu ? Bon, très bien, tant pis pour lui. Je n'allais pas lui courir après. Surtout que, sans vélo, je n'avais aucune chance de le rattraper.

Je suis donc rentrée chez moi. J'ai essayé de ne pas être de mauvaise humeur, mais ce n'était pas facile. Sven est vraiment nul.

Au moment où j'ouvrais la porte, le téléphone a sonné.

Ma mère s'est approchée, mais je me suis précipitée pour décrocher la première. C'était Sven, j'en étais sûre, qui voulait s'excuser pour son comportement débile. J'allais le faire mijoter un moment avant de lui pardonner.

Ce n'était pas Sven. C'était Lucilla.

–Jojo, je n'arrive pas à croire que tu aies fait une chose pareille, a-t-elle déclaré d'une voix lourde de reproche.

–De quoi tu parles?

–Ben, de ce que tu as fait avec Marc.

Oh là là! on peut quand même refuser de sortir avec un type sans que tout le monde en fasse un plat.

D'ailleurs, comment était-elle au courant?

–J'étais de mauvaise humeur et je n'avais aucune envie d'aller au cinéma avec Marc.

–Mais alors, pourquoi y es-tu allée quand même?

–Je te dis que je n'y suis pas allée!

–Quoi?

Silence.

–Lucilla? Que se passe-t-il?

–Jojo, je n'apprécie pas que tu me mentes.

–Hein ? Qu'est-ce que tu racontes ?

Nouveau silence de Lucilla.

–Lucilla ! Dis-moi ce qui se passe !

Lucilla a dû prendre sur elle, car sa voix tremblait.

–Je croyais qu'on était amies et que tu me disais toujours la vérité.

–Mais c'est ce que je fais !

Je n'y comprenais plus rien. Pourquoi Lucilla ne voulait-elle pas me croire ?

–C'est Carla qui me l'a dit. Et elle le tient de Marc.

–Mais quoi donc ?

–Eh bien, Carla a rencontré Marc cet après-midi en ville et elle lui a demandé comment c'était, le cinéma.

–Et alors ?

–Marc a dit que c'était super.

–Quoi ? Cet abruti ne s'est pas aperçu que je n'étais pas avec lui ?

Lucilla a commencé à hésiter.

–Tu n'es pas allée au cinéma avec lui, vraiment ?

–Non. Je lui ai téléphoné hier après-midi et je lui ai dit que…

–… tu n'avais pas envie, a complété Lucilla, soulagée.

–Enfin… euh…, ai-je balbutié, j'ai dit que j'avais un rhume du Bengale.

–Un rhume du Bengale ? Ça existe ?

–Je ne pense pas, mais Marc a gobé.

–C'est bizarre.

–Hé, ne recommence pas ! me suis-je écriée.

Puis j'ai repensé à autre chose :

–Est-ce que Carla était en colère ?

–Plutôt.

Un sourire de triomphe a éclairé mon visage.

–Bien fait.

–Et Sven n'est pas vexé ? a demandé Lucilla.

Ah bon, c'était donc ça !

–Non, ai-je assuré, absolument pas. Il est au-dessus de ça.

Tu parles ! Ce serait trop beau !

–Ah, Jojo, tu as vraiment de la chance ! s'est exclamée Lucilla.

J'ai avalé ma salive. Et constaté que je devais très vite mettre fin à la conversation, parce que j'avais la gorge nouée.

–Oui, c'est vrai, je suis une veinarde, ai-je marmonné.

Et j'ai raccroché.

Sven croit sûrement que je suis allée au cinéma avec Marc. Et c'est pour ça qu'il n'était pas à prendre avec des pincettes. Il m'en veut.

Que faire ?

Lundi 4 décembre, le soir

Que faire ? C'est tout simple : ma vie est fichue ! Combien de catastrophes peuvent arriver à une seule personne ? Il devrait y avoir une limitation des catastrophes pour les ados. Une catastrophe par semaine. Pas plus.

Mais avant que cette réglementation soit introduite, il va falloir que je continue à souffrir. Le superlatif pour le mot catastrophe est : Jojo.

Voilà ce qui s'est passé : malgré ma ferme résolution de faire scrupuleusement mes devoirs chaque jour, j'ai complètement oublié un exercice de français.

Je m'en suis aperçue au dernier moment et, pendant la récréation, je me suis précipitée aux toilettes pour bâcler l'exercice oublié. Mais la vie est impitoyable avec moi.

Je m'étais enfermée dans les toilettes, le dos appuyé au mur. J'avais presque terminé quand j'ai entendu la voix de Mme Lamée.

– Jojo ? Tu es là ? Lucilla dit que tu as eu un malaise. Est-ce que je peux faire quelque chose pour toi ?

J'ai sursauté, effrayée, en essayant de cacher mon cahier. Réaction totalement idiote, puisqu'elle ne pouvait pas me voir, mais la mauvaise conscience produit d'étranges effets. Et la catastrophe s'est produite : mon cahier est tombé dans la cuvette des WC !

– Tout va bien ! ai-je dit, j'arrive tout de suite.

Rassurée, Mme Lamée est retournée en classe. J'ai repêché le cahier : il était trempé. À moitié.

J'ai ouvert la porte, prudemment, au cas où il y aurait quelqu'un. La voie était libre. J'ai mis en marche le sèche-mains électrique et j'ai tenu le cahier sous le souffle d'air chaud. Ça n'a pas servi à grand-chose.

Saleté !

Un cahier de français trempé. Jamais je ne pourrais expliquer ça.

J'ai quand même trouvé une explication pour Mme Lamée.

J'ai pris un air dépité.

–Je suis affreusement désolée, mais, vous comprenez... à la maison... euh... je dois partager une chambre avec ma sœur... (Rien que d'y penser, j'en avais un frisson dans le dos.)... et c'est toujours très difficile pour moi de faire mes devoirs... J'ai du mal à me concentrer avec le raffut qu'elle fait.

–Ah, bon, a dit gentiment Mme Lamée, et comment ton cahier est-il tombé dans l'eau?

–Parce que... eh bien, je m'enferme toujours à la salle de bains et je fais mes devoirs dans la baignoire. Et alors ça arrive. Parfois.

Mme Lamée m'a regardée, très émue.

–Il faut qu'on trouve une solution, Jojo. Le mieux est que j'en parle avec ta mère. Dis-lui de m'appeler, d'accord?

J'ai hoché la tête. Un prof de plus ou de moins, qu'importe?

Mardi 5 décembre

Quand je suis rentrée du collège, aujourd'hui, ma mère m'a sauté dessus.

–J'attends toujours que tu me dises quels costumes vous avez choisis pour le bal de la Saint-Sylvestre.

J'ai hoché la tête et je me suis précipitée dans ma chambre, car je ne voulais pas que ma mère s'aperçoive que j'avais les larmes aux yeux.

Ah, le bal de la Saint-Sylvestre ! Je l'avais complètement oublié. Sven ne m'y accompagnera sûrement pas. Je pourrai toujours y aller avec mon canard en peluche.

C'est la faute de Sven. Comment peut-on être aussi stupide ? Mais ça m'est bien égal. Je m'en fiche complètement. Je ne vais quand même pas pleurer à cause de Sven !

Sven ? Qui c'est celui-là ?

Après avoir versé toutes les larmes de mon corps, j'ai pris une décision. J'allais appeler Sven et tout lui expliquer.

Je suis restée assise deux heures devant le téléphone à répéter ce que j'allais lui dire.

Puis le téléphone a sonné et mon cœur s'est arrêté de battre. J'ai décroché en tremblant.

C'était Lucilla.

– Écoute, je ne voudrais pas t'inquiéter, a-t-elle commencé, mais il vaut mieux que tu le saches.

– Quoi ? ai-je demandé, tout de suite alarmée.

–J'ai vu Sven aujourd'hui en ville avec une autre fille.

J'ai cru que j'allais me trouver mal.

–Jojo ? Tu es encore là ?

–Oui, oui. Mais il faut que je raccroche, ma mère a je ne sais quel problème. Je te rappelle plus tard. Salut.

Tu parles : ma mère a un problème ! Moi, j'ai un problème ! Et pas un petit.

Je peux me remettre à pleurer.

Mardi 5 décembre, le soir

Pleurer ne sert à rien. Ce n'est pas ça qui résout les problèmes. Il faut que je réfléchisse tranquillement. Et bien.

Que faire ?

Appeler Sven et tout lui expliquer ? Impossible. Entre-temps, il s'est consolé avec une autre fille. Super. On appelle ça le grand amour. Les garçons ! Dès que quelque chose cloche avec une fille, ils en cherchent une autre. Bravo.

Bon, maintenant, il faut agir.

Hmm. Pour commencer, je vais enquêter pour découvrir qui est cette nana avec qui traîne Sven.

J'ai appelé Lucilla.

– Hé, Lucilla, désolée d'avoir raccroché si vite tout à l'heure, mais tu connais ma mère, plus chaotique tu meurs.

– Oui, oui, a rigolé Lucilla.

– Bon, on en était où ? ai-je demandé pour en revenir discrètement au sujet qui me préoccupait : Sven.

– Je ne sais pas, a répondu Lucilla.

Quelle nouille ! Elle détruit ma vie d'une seule phrase et elle n'est même pas capable de s'en souvenir.

– Euh… Sven, non ? l'ai-je aidée.

– Oh oui, Sven est vraiment chou ! a-t-elle soupiré.

Merci. C'est ce qu'on appelle mettre du sel sur une blessure à vif.

Rien à en tirer. Autant y aller directement.

– Qui c'était ?

– Qui ?

Flûte, elle était bouchée, ou quoi ?

– Eh bien, la fille.

Rien. Aucune réaction. Devais-je être encore plus précise ?

– La fille qui était avec Sven.

–Ah, cette fille… Je ne sais pas. Je ne la connais pas.

Bravo. Dire que je me suis donné tout ce mal pour rien. Mais je n'ai pas lâché le morceau.

–Ce n'est pas une petite brune ? Un peu forte ? Avec des lunettes ?

C'était mon seul espoir : qu'au moins elle ne soit pas mignonne.

–Non. Une grande blonde. Plutôt mince. Très mignonne.

Mon espoir s'est écroulé. Dur à avaler. Surtout n'en rien laisser voir, me suis-je sermonnée.

–Ah, ça doit être Cornelia. Sven lui donne des cours particuliers. Elle est un peu limitée intellectuellement, ai-je inventé.

–Tu me rassures, je commençais à me faire du souci.

–Non, non, il n'y a pas de quoi. Il lui donne des cours, une fois par semaine, ai-je répété pour convaincre Lucilla.

–Dis donc, m'a-t-elle interrompue, tu n'aurais pas envie d'aller à la pizzéria ce soir ? Il y a toujours un tas de garçons super mignons et tu connais la plupart. Moi aussi, je veux un copain.

Bof, les garçons… J'avais vraiment autre chose en tête.

–Je suis de corvée de baby-sitting. Ma sœur, tu sais bien…

–Hmm. Quand ?

–Ce soir.

–OK. Dans ce cas, rendez-vous à six heures à la pizzéria. Ensuite, je te raccompagnerai chez toi et je resterai un moment. Je dois être rentrée pour huit heures. Ça marche ?

–Euh…

–Bon, à plus, Jojo. Je passe te prendre.

Que s'était-il encore passé ?

J'ai décidé que cette fille avec laquelle sortait Sven ne me tracassait pas du tout. J'allais rester zen.

En plus, il est très possible que Lucilla se soit trompée. Parfaitement. Rien de ce qu'elle raconte n'est vrai.

OK, j'accompagne Lucilla à la pizzéria, et je vais bien m'amuser. Oui ! Et je lui trouverai un petit copain.

Le problème avec Lucilla, c'est qu'elle est sans arrêt amoureuse. Mais jamais très longtemps du même type. Elle voit quelqu'un, elle a le coup de foudre et, avant d'avoir eu le temps de le connaître, elle s'amourache d'un autre.

Ça ne va pas être de la tarte.

J'étais sur le point de partir quand je me suis rappelé qu'il fallait absolument que je parle à ma mère de cette histoire de cahiers et de devoirs à la maison.

Je suis allée dans sa chambre, mais avant que j'ouvre la bouche, elle s'est lancée dans une tirade enflammée et assez embrouillée. J'ai distingué plusieurs fois le mot « Oscar ». J'en ai donc conclu : premièrement, que Oscar lui avait fait une nouvelle demande en mariage ; deuxièmement, que ce n'était pas le moment de discuter de problèmes scolaires avec ma mère.

Mercredi 6 décembre

Tout est allé de travers hier soir.

Sur le chemin de la pizzéria, Lucilla et moi avons croisé Sven en compagnie de sa nouvelle et blonde conquête. De stupeur, je me suis enfoncé les ongles dans la paume des mains.

Lucilla, l'innocente, s'est arrêtée à son tour et s'est exclamée naïvement :

– Salut, Sven !

Sven a répondu amicalement :

– Salut, Lucilla, comment ça va ?

– Super, s'est écriée Lucilla.

Puis elle s'est tournée vers la fille.

– Salut, Cornelia.

La fille l'a regardée avec de grands yeux, puis s'est mise à rire.

– Je m'appelle Mareike.

Je n'avais toujours rien dit. Mareike m'a souri.

– Salut !

J'ai senti comme une flèche me transpercer le cœur.

– Su…

Je voulais répondre « salut », mais j'avais commencé par la mauvaise voyelle.

– Sali, me suis-je corrigée.

Sali ? Sali ? Suis-je devenue folle ?

Pourquoi ai-je dit « sali » ?

Parce que j'étais à bout de nerfs et à deux doigts d'éclater en sanglots et parce que c'en était vraiment trop pour moi.

Lucilla a volé à mon secours en disant à Mareike :

– Tu connais Jojo, n'est-ce pas ?

Mareike a froncé les sourcils et a regardé Sven d'un air surpris.

– Ah, c'est Jojo !

Sven a eu un petit sourire en coin.

– Salut, Jojo. Moi, c'est Sven. Ravi de faire ta connaissance.

J'ai piqué un fard et les larmes me sont montées aux yeux. Lucilla n'a rien capté, une fois de plus, et a éclaté de rire.

Mareike m'a regardée avec pitié et a entraîné Sven avec elle.

Lucilla n'en pouvait plus de rire. J'ai vite sorti un mouchoir et je m'en suis tamponné les yeux.

– Sven est vraiment drôle, a commenté Lucilla.

Mais en voyant ma tête, elle s'est inquiétée.

– Qu'est-ce que tu as ?

– Rien, ai-je répondu, une poussière dans l'œil.

– Mais tes deux yeux sont rouges, a-t-elle constaté.

– C'est toujours comme ça, ai-je assuré avec le peu de voix qui me restait. Ça va passer…

Je me suis appuyée contre le mur et j'ai respiré un grand coup.

–Tu es sûre que tout va bien? a demandé Lucilla.

J'ai hoché la tête.

–Sven a vraiment beaucoup d'élèves… a repris Lucilla.

J'ai hoché la tête, une nouvelle fois, la gorge étouffée par un sanglot.

–Que se passe-t-il? a demandé Lucilla, alarmée.

Je n'ai plus retenu mes larmes.

–C'est à cause de ma sœur, ai-je bredouillé en me creusant la cervelle pour imaginer ce qu'avait bien pu inventer Flippi.

–Qu'est-ce qu'elle a encore fait? a demandé Lucilla.

–Ah, c'est de pire en pire! Ma mère est morte d'inquiétude. Si ça continue, il va falloir la mettre dans un foyer.

Lucilla était effrayée pour de bon.

–Ta mère ou Flippi?

J'ai réfléchi un instant.

–Flippi, ai-je décidé.

–Qu'est-ce qu'elle a encore fabriqué?

Je me suis concentrée sur les méfaits supposés de Flippi et j'ai pu à nouveau respirer et parler normalement.

– Flippi a dressé des escargots de combat.

Lucilla m'a regardée en attendant la suite. Apparemment, il en fallait plus pour l'impressionner. J'en ai donc rajouté une louche.

– Elle a installé une arène dans notre cuisine.

– Ah bon ? a fait Lucilla, pas plus émue.

J'ai donc continué.

– Et elle organise des paris.

Lucilla a froncé les sourcils.

– Et la police est venue pour arrêter ma mère.

Là, Lucilla, effrayée, a mis la main sur sa bouche. Parfait. Elle était impressionnée.

Mais elle s'est vite ressaisie.

– Pour Flippi, tout compte fait, c'est une bagatelle.

D'accord, Lucilla avait raison, mais je n'avais rien trouvé de mieux.

– Quoi qu'il en soit, ai-je soupiré, ma mère veut mettre Flippi dans un foyer.

Lucilla a paru choquée.

– Franchement, elle est un peu dure.

– Tout à fait ! Je suis de ton avis, ai-je assuré.

– On devrait peut-être parler avec ta mère…, a proposé Lucilla.

J'ai réfléchi.

– C'est une bonne idée. Mais mieux vaut que je le fasse seule. Tu serais fâchée si je ne t'accompagnais pas à la pizzéria et si je rentrais à la maison ? Nous chercherons un garçon pour toi une autre fois. D'accord ?

Lucilla s'est montrée très compréhensive.

– Pas de problème. Et toi, tu ne seras pas vexée si je vais toute seule à la pizzéria ?

– Pas le moins du monde.

Moi aussi, je pouvais être compréhensive.

– Carla voulait venir aussi.

– Dans ce cas, tu ne seras pas seule, ai-je répliqué d'un air pincé.

Il ne manquait plus que ça : Carla, à qui je devais ce micmac.

Je n'ai pas pu m'en empêcher : j'ai fondu en larmes. Quelle idiote, cette Carla !

Lucilla s'est affolée.

– Qu'est-ce qui t'arrive ? C'est à cause de Flippi ?

– Non, ai-je sangloté en me creusant la cervelle pour justifier cette nouvelle crise de larmes.

C'est à cause du français et des maths… et de la physique… Tu sais bien…

– Pourquoi ne dis-tu pas tout simplement la vérité ? a demandé innocemment Lucilla.

– À qui ?

– Mais aux profs !

– Quoi ? La vérité ? C'est l'idée la plus stupide que j'aie jamais entendue ! me suis-je emportée.

Lucilla a haussé les épaules.

– C'était juste une proposition !

Pour couronner le tout, Carla est apparue à cet instant. J'espère au moins qu'elle n'a pas remarqué mes larmes.

Cette peste a tout de suite craché son venin.

– Hé, Jojo, je viens juste de croiser Sven avec ta remplaçante. Son goût s'améliore, a-t-elle claironné.

– Ce n'est pas la remplaçante de Jojo. C'est une élève de Sven ! a corrigé Lucilla.

Carla a ricané.

– Bien sûr, des cours particuliers ! La question est de savoir quelle matière il lui enseigne !

D'habitude, je sais lui clouer le bec. Mais, avec le cœur brisé, on ne combat pas à armes égales.

J'en étais réduite à laisser Lucilla me défendre. La honte.

Mais Lucilla est restée muette.

Carla s'est approchée tout près de moi et m'a allumée :

– Si tu ne t'étais pas cru obligée de tourner la tête à chaque type qui passe, tout ça ne serait pas arrivé.

– Te fatigue pas, Carla. Marc te trouve atrocement ennuyeuse.

Je n'ai rien trouvé de mieux. Mais ça a porté. Carla a riposté :

– Rira bien qui rira le dernier…

– Oui ! s'est écriée Lucilla. Ou embrassera bien qui embrassera le dernier !

Elle a été la seule à rire de sa plaisanterie, sans remarquer avec quelle hargne on s'affrontait, Carla et moi. Lucilla nous aime toutes les deux, et elle n'a toujours pas compris que nous sommes des ennemies mortelles.

Ah, Lucilla !

Lucilla et Carla sont parties pour la pizzéria et je suis rentrée chez moi.

Ma vie est affreuse. Quelqu'un doit faire quelque chose. Sinon je vais mourir le cœur brisé, que dis-je ? Pulvérisé !

Stop ! Gardons notre calme. Examinons la situation froidement.

Bon, voilà le bilan : il y a une autre fille. Et elle est très jolie. Admettons. Mais elle est sûrement inintéressante et mortellement ennuyeuse.

Sven va très vite s'en apercevoir et me revenir en agitant le drapeau blanc.

Jeudi 7 décembre

Combien de temps va mettre Sven pour s'apercevoir que cette Mareike n'est pas une fille pour lui ? Un jour, deux jours ? Plus longtemps ? Il est pourtant futé, ce garçon, il devrait piger tout de suite.

Le canard en peluche était posé sur mon bureau et me regardait avec reproche. Je l'ai pris et jeté sur le lit. Manquait plus que ça, qu'un canard en peluche me donne mauvaise conscience !

Cinq minutes plus tard, je le prenais dans mes bras et le serrais contre moi.

Ah, Sven ! C'était siiiiii bien, nous deux !

Mais qu'est-ce qu'il a ? Il ne m'appelle pas, et il n'est jamais là quand c'est moi qui appelle.

Oui, je l'ai appelé. Je ne m'en vante pas. Mais il fallait absolument que je lui parle. J'avais l'impression que j'allais mourir si je n'entendais pas sa voix. C'est comme ça quand on est amoureux et que tout va de travers.

Au lieu de rester là à gamberger, j'ai décidé d'aller en ville et de me mettre à la recherche de Sven.

La plupart du temps, il traîne dans les librairies ou à la bibliothèque.

Jeudi 7 décembre, le soir

Je l'ai découvert dans la troisième librairie où je suis entrée. Je me suis postée de façon à ce qu'il me remarque.

Rien.

J'étais pourtant sûre qu'il m'avait vue ! Je me suis mise à chantonner pour qu'il me voie.

Rien.

– Tiens, je connais cette chanson, a dit la libraire.

J'ai sursauté.

– Je peux t'aider ? a-t-elle poursuivi.

– Non, ai-je grommelé.

Comment aurait-elle pu m'aider ?! ?

– Si tu vois quelque chose qui t'intéresse, dis-le-moi.

– Mmm.

J'aurais pu lui dire : « Là, il y a un type super mignon qui m'intéresse beaucoup. » Et elle aurait répondu : « Oh, pas de problème. Tu veux un paquet cadeau ? » Et moi, j'aurais dit : « Non, merci, ça ira comme ça. » Et j'aurais pris Sven par la main pour l'emmener avec moi. Et tout se serait arrangé.

– Neuf euros quatre vingt ! a dit la libraire, me tirant de ma rêverie.

Sven était à la caisse.

– Il est très drôle, ce roman, a commenté la libraire, en rendant son livre à Sven. Cette collection est vraiment une réussite.

Sven a hoché la tête. Montrant le livre, il a dit à voix haute :

– *On n'embrasse pas les sorcières !* J'aurais dû lire ce livre plus tôt !

C'était vraiment une allusion déplacée. J'ai viré au rouge tomate et je suis sortie. J'ai attendu Sven devant la librairie.

En sortant, il est allé vers la gauche, dans ma direction. Mais dès qu'il m'a vue, il a tourné les talons.

Zut. S'il croit que je vais lui courir après, il va être déçu !

Je lui ai couru après et l'ai saisi par le bras.

– Hé, attends un peu ! me suis-je écriée.

Sven s'est arrêté et m'a regardée d'un air indifférent.

– Qu'est-ce qui se passe ? a-t-il demandé, d'un ton glacé qui m'a fait perdre tout mon courage.

– Rien, ai-je marmonné.

– Je peux continuer mon chemin ?

Il regardait son bras auquel je m'accrochais toujours.

J'ai pris un air hautain, j'ai lâché son bras, je me suis retournée brusquement… et je suis allée m'assommer contre un lampadaire.

J'ai vacillé.

Sven s'est approché, inquiet, et m'a prise par les épaules.

– Ça va, Jojo ?

Je voyais des étoiles, mais il était clair que c'était l'occasion ou jamais de me réconcilier avec Sven. Car, visiblement, il se faisait du souci pour moi.

Mais pas question de lui rendre la tâche trop facile.

J'ai repoussé ses mains et je me suis appuyée contre le lampadaire, encore sonnée.

– Ça va très bien, ai-je répondu d'un air pincé.

– Tu fais ton numéro combien de fois par semaine ? a demandé Sven.

– Qu'est-ce que tu racontes ? ai-je riposté.

– Ça expliquerait bien des choses…, a-t-il dit.

Quoi ? C'est ce qu'il appelle une tentative de rapprochement ? Il débloque ! Et c'est ce que je lui ai répondu :

– Tu débloques !

Sven a rétorqué en haussant les épaules :

– Tu as sans doute raison.

Sur ce, il a tourné le dos et il est parti.

Il est parti ! Je n'en revenais pas. Quel culot !

– Tu salueras Mareike de ma part ! ai-je hurlé dans son dos.

– Oui, oui, je lui transmettrai un amical « sali » ! a-t-il répondu avec insolence.

J'étais folle de rage. Mais c'était toujours mieux que d'éclater en sanglots.

En plus, j'avais un de ces mal au crâne ! J'allais attraper une bosse énorme. En plein milieu du front. Tout ça à cause de cet imbécile de Sven.

Je me fiche bien de lui. Pff ! Qui a besoin d'un petit copain ? Lucilla, peut-être, mais pas moi.

À peine avais-je pensé à Lucilla qu'elle apparaissait au coin de la rue. Je voulais m'éclipser discrètement, mais elle m'avait déjà repérée.

– Hou, hou, Jojo ! s'est-elle écriée joyeusement.

Franchement, je me serais bien passée de la voir.

– Devine ce qui m'est arrivé ! a-t-elle dit, tout excitée.

Avant que j'aie eu le temps de répondre, elle a montré du doigt mon front. Apparemment, la bosse était en train de sortir.

– Oh, qu'est-ce que c'est ?

– Quoi ? ai-je répondu, prête à tout nier.

– Ben, la marque rouge. On dirait que c'est enflé. Tu as buté contre quelque chose ?

– Bien sûr que non, ai-je répliqué, à cran.

– Tu es sûre ?

– Oui !

– Alors pourquoi as-tu cette grosse marque rouge sur le front ? a-t-elle insisté en me fixant attentivement. Je crois même que c'est en train de virer au bleu.

La moutarde commençait à me monter au nez. Je savais pourtant que Lucilla n'y voyait pas malice.

– C'est ma sœur ! ai-je répondu, espérant mettre fin ainsi à l'interrogatoire.

Lucilla a ouvert de grands yeux.

– Comment a-t-elle fait ça ?

– Elle m'a lancé un escargot à la tête, ai-je répondu.

Lucilla m'a regardée d'un air ahuri.

– Un de ses escargots de combat, ai-je précisé, pour rendre l'histoire plus vraisemblable.

Lucilla a hoché lentement la tête.

– Et maintenant, dis-moi ce que tu me voulais, ai-je dit d'un ton sec.

La manœuvre de diversion a réussi.

– Ah oui, devine ce qui m'est arrivé !

– J'aimerais bien, mais il faut au moins que tu me donnes un indice, ai-je répondu.

– Devine qui m'a invitée à la pizzéria ! a repris Lucilla, radieuse.

– Aucune idée.

Je n'en avais vraiment aucune idée.

– Tu le connais, a essayé de m'aider Lucilla.

Hou là là ! Il y a six mois, j'aurais su de qui elle parlait. À cette époque, je connaissais deux garçons et demi tout au plus. En comptant le type qui distribue les journaux. Mais depuis Sven, je connais au moins quatre-vingt-sept garçons.

– Je ne sais pas.

– Marc !

– Qui ? me suis-je écriée.

Mais je me suis tout de suite réjouie pour elle.

– Super ! ai-je dit. Tu es amoureuse de lui ?

– Mais non ! Pas du tout ! a-t-elle répondu, étonnée.

– Alors pourquoi sors-tu avec lui ?

– Parce qu'il me l'a proposé.

Quelle réponse idiote. Parfois, Lucilla me sidère.

– Non, sérieusement…

Lucilla a hoché la tête.

– OK. C'est tout simple. Marc a la réputation d'être cool et…

– Il a la réputation d'être bête comme ses pieds ! Je le sais de source sûre ! l'ai-je interrompue en pensant à Sven.

Lucilla a secoué la tête.

– Seulement auprès d'une poignée d'intellectuels ! Pour les autres, c'est le type le plus cool du coin.

J'ai tiqué en entendant le mot « intellectuel ». Est-ce que c'était une allusion à Sven ?

– Donc, quand tu sors avec Marc, c'est bon pour ta réputation. Tu fais partie des gens cool, toi aussi, a expliqué Lucilla.

Hmm, d'accord. Oui, je suivais.

J'étais contente pour Lucilla. Si Marc avait invité Carla, je l'aurais eue très mauvaise.

– Et cette histoire de cahiers, c'est réglé ? a demandé Lucilla, tout à trac.

– Euh… oui, bien sûr.

Tu parles. J'avais complètement oublié.

Mais pas les profs. Ils m'en ont parlé hier, et j'ai répondu simplement :

– Ma mère est libre quand vous voulez ; fixez-lui un rendez-vous quand ça vous arrange.

Je me suis dit que le plus important était de gagner du temps. D'ici là, peut-être qu'un miracle se produira. Par exemple, on va déménager, ou le collège va fermer, quelque chose dans ce genre.

Le problème, c'est que ma mère a un rendez-vous demain. Et qu'elle n'en sait rien.

Si ça ne tenait qu'à moi, elle n'en saurait jamais rien. Mais j'ai l'impression que j'ai un peu trop tiré sur la corde et l'expérience m'a enseigné qu'il y a des moments où la seule solution est de dire la vérité.

Un de ces moments était arrivé.

Je devais dire la vérité à ma mère. Le plus tôt serait le mieux, sinon je risquais de changer d'avis.

J'ai laissé Lucilla en plan et j'ai couru jusqu'à la maison.

– Maman, il faut que je te parle ! ai-je dit en m'engouffrant dans sa chambre.

Avant qu'elle ait eu le temps d'ouvrir la bouche, j'ai déclamé d'une traite :

– Bon, tu dois aller demain au collège et expliquer aux profs ce qui suit : nous n'avons pas d'argent pour acheter plusieurs cahiers. Flippi et moi partageons la même chambre et à cause de ça je dois faire mes devoirs dans la baignoire. Et…

J'ai fait une pause. Qu'est-ce qui s'était passé en physique ? Pourquoi avais-je oublié mon cahier ? Ah, oui :

– … et le chien a mangé mon cahier de physique.

– Mais nous n'avons pas de chien ! s'est exclamée ma mère, décontenancée.

– Ça ne fait rien.

– Et qu'est-ce que c'est cette histoire de cahiers qu'on ne peut pas acheter ? Et de chambre que tu partages avec Flippi ?

– Maman, ne t'occupe pas des détails, répète aux profs ce que je t'ai dit.

– Pourquoi ?

– Parce que c'est ce que je leur ai raconté.

Ma mère a secoué la tête, pour essayer d'y voir plus clair dans sa tête. Puis elle a dit :

– Jojo, sois gentille, reprends tout depuis le début.

Je n'en avais pas la moindre envie, mais je me suis quand même exécutée.

Ma mère m'a écoutée avec attention. Une fois mon récit terminé, j'ai fermé les yeux, m'attendant à ce que l'orage éclate.

Il ne s'est rien passé.

J'ai ouvert prudemment les yeux, et j'ai vu que ma mère essayait de réprimer un sourire. Je n'en revenais pas.

Bientôt, elle n'a pu se contenir plus longtemps et a éclaté de rire. Elle a rigolé, rigolé, rigolé à se rouler par terre.

–Je ne vois pas ce qu'il y a de drôle, ai-je dit, vexée.

Ma mère pouvait à peine parler tant elle riait.

–C'est incroyable, Jojo ! Comment fais-tu pour te mettre toujours dans des situations aussi absurdes ?

–Je n'en sais rien, ai-je marmonné, c'est pas ma faute !

J'étais plutôt consternée par la réaction de ma mère.

–Qu'est-ce que tu vas faire ?

–Je vais aller au rendez-vous, bien sûr, a-t-elle répondu.

J'ai poussé un soupir de soulagement.

–Ouf, merci. Et n'oublie pas ce que tu dois raconter.

Ma mère a secoué la tête en riant.

–Non, ma chérie, je ne vais rien dire. C'est toi qui vas parler.

–Pardon ?

Elle a hoché la tête.

–Nous irons toutes les deux au collège et tu raconteras ce qui s'est passé. Je ne t'accompagne que pour m'assurer que tu n'inventeras pas une histoire à dormir debout.

–Mais, maman ! C'est injuste !

– Oui, oui, a dit maman, totalement injuste.

Je me suis levée, furieuse.

Ma mère a fait de même. D'un ton sans appel, elle a décrété :

– Jojo, j'aurais pu réagir autrement. À toi de te sortir de la situation dans laquelle tu t'es fourrée. Et je serai là pour voir comment tu t'en tireras !

Hugh, le grand chef a parlé ! Il n'y avait rien à ajouter. Je devais obtempérer.

Je suis sortie de la chambre.

Vendredi 8 décembre

Je n'en reviens pas ! Carla est vraiment une peste !

Hier, elle a rencontré Marc. Enfin, « rencontré », j'ai peine à le croire ! Elle l'a espionné ! Quoi qu'il en soit, elle l'a salué de la part de Lucilla et l'a informé que Lucilla s'excusait, mais qu'elle était malade et ne pouvait pas aller à la pizzéria avec lui. Mais elle, Carla, était prête à la remplacer.

– Cool, a dit Marc.

Et il est parti à la pizzéria avec Carla.

Lucilla est idiote, aussi, d'avoir parlé de son rendez-vous à Carla. Mais, comme dit ma mère, Lucilla est une « bonne pâte ».

La pauvre, elle a attendu une heure cet idiot de Marc qui, entre-temps, était parti à la pizzéria avec Carla.

Sur le chemin du retour, elle les a croisés. Carla, l'hypocrite, a demandé:

– Ah, Lucilla, ça va mieux?

Lucilla ne savait pas de quoi parlait Carla, bien sûr. Marc a dit que Carla lui avait tout raconté et qu'il trouvait très cool de la part de Lucilla qu'elle lui ait envoyé Carla.

Lucilla n'y comprenait toujours rien. J'ai eu le plus grand mal, ce matin, à lui expliquer quel sale tour lui avait joué Carla.

Elle a froncé les sourcils et s'est exclamé:

– Ce n'est vraiment pas sympa de sa part!

Pff! C'est gentiment dit.

Maintenant, il faut que j'y aille. En route pour Canossa, c'est-à-dire: pour le collège. Avec ma mère.

Je réfléchis: est-ce que je ne devrais pas faire mon testament et brûler mon journal intime? Car je ne ressortirai pas vivante du rendez-vous. Même si aucun prof ne m'assomme et si ma mère reste calme, je mourrai de honte.

Vendredi 8 décembre, le soir

Je n'en reviens toujours pas. C'est fou : on croit sa dernière heure venue, et puis rien. Enfin, presque rien.

À part que je me sens minuscule et misérable. Mais ça, c'est pas nouveau.

À mon grand étonnement, ma mère a fait une impression presque normale sur les profs. Elle n'a pas parlé beaucoup et s'est contentée d'annoncer dès le début :

– Jojo a quelque chose à vous dire.

Super : seule contre trois profs ! Le cauchemar ! Après quelques bafouillements, j'ai réussi à parler à peu près normalement. J'étais tellement impressionnée que je n'ai pas essayé d'embellir la réalité ; j'ai raconté l'exacte vérité.

J'ai attendu ensuite le jugement divin. Est-ce que la foudre allait me tomber dessus ? Est-ce que j'allais être exclue du collège ?

La prof de français a soupiré : « Pauvre enfant. » Le prof de maths a eu un sourire en coin. Seul, le prof de physique a secoué la tête en disant :

– Je maintiens le zéro pour devoir non fait.

J'ai baissé les yeux.

–Bien, a grommelé le prof de maths en se tournant vers ma mère, et maintenant, que fait-on avec elle ?

– C'était un enchaînement de circonstances particulièrement malheureux, est intervenue la prof de français.

Je lui ai adressé un sourire reconnaissant.

Ma mère a pris alors la parole :

– À partir de maintenant, Jojo fera ses devoirs aussitôt rentrée à la maison et elle me les présentera.

J'ai hoché la tête sans mot dire. C'était encore supportable.

– Pour le reste, elle pourrait se rendre utile au collège, a-t-elle proposé.

Je lui ai lancé un regard furieux. Qu'est-ce qui lui prenait ? Je croyais qu'on était dans le même camp, elle et moi !

– À quoi pensez-vous ? a demandé le prof de maths.

–À des travaux d'intérêt collectif, a répondu ma mère. Ramasser les détritus dans la cour, par exemple. Donner un coup de main à la bibliothèque du collège. Ou classer des documents au secrétariat. Se rendre utile, quoi…

J'appelle ça un coup de poignard dans le dos ! Même Mme Lamée m'a regardée avec pitié.

Le prof de maths a hoché plusieurs fois la tête, puis a décidé :

– C'est une excellente proposition. À la prochaine incartade, nous trouverons une corvée de ce genre pour Jojo. Pour cette fois, nous nous contenterons d'une remontrance.

Ouf, je respirais.

Sur le chemin du retour, je n'ai pas adressé la parole à ma mère. Quelle traître !

J'étais à peine rentrée que Flippi se précipitait dans ma chambre. Elle s'est jetée sur le lit, épuisée.

Oubliant complètement de l'engueuler, j'ai demandé :

– Que se passe-t-il ?

Flippi a levé les yeux au ciel.

– Ta mère me tape sur les nerfs.

– Ma mère ? C'est aussi la tienne ! Et moi aussi elle m'énerve !

– Quand elle m'énerve, c'est ta mère. Elle tient ça de toi ! a expliqué Flippi une fois pour toutes.

– C'est égal, ai-je dit. Raconte plutôt ce qui se passe.

Flippi s'est redressée.

–Quoi ? Tu n'es pas courant ? Tu habites ici, oui ou non ?

J'ai soupiré.

–Flippi, s'il te plaît, j'ai assez de problèmes comme ça !

–Depuis qu'elle s'est disputée avec Oscar, elle traîne sans arrêt à la maison et n'arrête pas de se mêler de mes affaires. Elle refait son numéro de mère hyper soucieuse, et je ne peux plus faire un pas sans qu'elle soit derrière moi.

–Et qu'est-ce que tu proposes ?

–Tu dois la réconcilier avec Oscar !

–Moi ?

–Oscar t'écoute. Tu dois lui interdire de demander maman en mariage !

J'ai secoué la tête.

–Non, Flippi ! Je ne suis pas d'accord. Je ne peux pas m'occuper de tout. Je ne sais déjà plus où donner de la tête. Et je n'ai pas l'intention de m'attirer de nouveaux ennuis.

Flippi s'est levée d'un air décidé.

–Bon, très bien, il ne reste qu'une seule solution.

–Laquelle ? ai-je demandé avec inquiétude.

–Je vais faire intervenir l'ours magique ! Je vais m'arranger pour qu'Oscar se manifeste avant ce soir et donne un rendez-vous à maman.

J'ai hoché la tête.

–Mais oui, bien sûr.

Flippi m'a regardée de travers.

–Tu ne crois pas aux pouvoirs de l'ours, hein ?

–Oh, Flippi..., ai-je marmonné.

Flippi s'est renfrognée. C'est pourquoi, j'ai proposé :

–Écoute, si Oscar appelle avant ce soir, non seulement je croirai aux pouvoirs de ton ours, mais je le chargerai personnellement de régler mes problèmes. D'accord ?

–D'accord ! s'est écriée Flippi.

Et elle a quitté ma chambre.

Un quart d'heure plus tard, le téléphone sonnait. Je suis allée décrocher et je n'en suis pas revenue : c'était Oscar. Il voulait parler à ma mère.

Je suis allée la chercher. Je lui ai donné en tremblant l'écouteur, puis j'ai filé dans la chambre de Flippi.

–Oscar a appelé ! lui ai-je annoncé.

Flippi n'a pas semblé surprise.

–Évidemment. Je t'avais dit qu'il appellerait ! a-t-elle répondu en caressant son ours.

Waouh, j'étais secouée.

–Flippi, ai-je dit d'une voix étranglée, tu ne pourrais pas t'arranger pour que Sven m'appelle ?

Flippi m'a lancé un regard méfiant.

–Es-tu persuadée maintenant que l'ours est magique ?

J'ai hoché la tête.

–Bon, a dit Flippi en tendant la main. Trois euros !

–Quoi ? ai-je demandé, ne comprenant pas ce qu'elle voulait.

–Trois euros.

–Pour quoi ?

–Trois euros par vœu.

–Tu es folle ! ai-je protesté. Pour qui tu me prends ?

Et, l'air hautain, j'ai quitté la chambre de Flippi.

C'est un comble ! Il faudrait que je paye trois euros pour que Sven m'appelle !

Trois euros !

Trois euros ?

Hmm. Tout compte fait, ce n'est pas très cher. Je veux dire, quand on pense que ça mettrait un terme à cette situation absurde… Ce ne serait pas un mauvais investissement, ces trois euros.

J'ai sorti trois euros de ma tirelire et je suis retournée trouver Flippi.

– Tiens, lui ai-je dit, mais il doit appeler ce soir même !

– Pas de problème, a dit Flippi en empochant l'argent et en serrant l'ours contre elle.

J'ai couru vers le téléphone et j'ai attendu.

J'ai attendu et attendu.

Quand ma mère est passée et m'a aperçue à côté du téléphone, elle a dit :

– Si Oscar appelle, tu peux raccrocher aussitôt !

J'ai secoué la tête : ça, c'est ma mère tout craché. Puis j'ai sursauté :

– Hé, qu'est-ce qui se passe ? Je croyais que vous étiez réconciliés !

– Peuh ! a fait ma mère.

– Mais il a pourtant appelé ! Que s'est-il passé ?

– Il aurait mieux fait de s'abstenir, maintenant je suis carrément furieuse ! s'est contentée de dire ma mère.

Ensuite, impossible de lui arracher un mot.

J'étais paralysée d'effroi. L'ours avait un défaut, c'était évident. Il fallait que Flippi arrête tout. Sven ne devait appeler en aucun cas, sinon c'était la catastrophe.

J'ai foncé dans la chambre de Flippi. Du bout du couloir, j'ai hurlé :

– Arrête tout ! Immédiatement !

– On n'entre pas dans ma chambre sans frapper, a râlé Flippi.

– S'il te plaît, Flippi, sois gentille et annule mon vœu. Je ne veux pas que Sven appelle !

– Et pourquoi ?

– Pas le temps de t'expliquer, fais ce que je te demande.

Flippi a poussé un soupir et tendu la main.

– Qu'est-ce que tu veux ? ai-je grommelé.

– Tiens, le fric !

– Quoi ? Tu n'espères quand même pas que je vais encore te donner de l'argent ?

– Trois euros par vœu.

– Mais tu dois l'annuler !

– Et alors ? C'est un nouveau vœu. Bon, tu payes, oui ou non ?

– Oh, mon Dieu ! ai-je soupiré.

Je suis allée chercher les trois euros et je les ai jetés à Flippi.

– C'est du racket !

Flippi a fermé les yeux et a serré l'ours contre elle.

– C'est bon, a-t-elle dit. Le vœu est annulé.

Soulagée, je me suis appuyée contre le mur.

– Ouf !

– Maintenant, dis-moi pourquoi je devais annuler ton vœu.

– Tiens, à cause d'Oscar. Il a appelé mais quelque chose est allé de travers, et maintenant notre mère est furieuse contre lui.

Flippi a retroussé le nez.

– Flûte, a-t-elle marmonné. Je n'aurais peut-être pas dû lui dire que maman voulait s'excuser.

– Quoi ? Qu'est-ce que ça signifie ? Tu as parlé à Oscar ?

– Bien sûr ! Je lui ai téléphoné et je lui ai demandé de rappeler parce que maman voulait lui parler !

– Tu as lui dit qu'il devait appeler ?

Flippi m'a regardée tout étonnée.

– Ben oui. Ça te choque ?

–Mais c'est de l'arnaque ! Tu as dit que c'était l'ours qui faisait de la magie !

Flippi a haussé les épaules.

–L'ours ou moi, qu'importe? Je ne voulais pas prendre de risques. C'était trop important pour moi.

Elle s'est penchée et a bouché les oreilles de l'ours.

–Tu sais, j'aime beaucoup mon ours, mais il ne fonctionne pas toujours. Parfois, on ne peut pas compter sur lui, alors je lui donne un coup de main.

J'ai respiré un grand coup. Jamais, je ne m'étais sentie aussi stupide.

–Rends-moi mes six euros ! ai-je ordonné.

Flippi a secoué la tête.

–Impossible, je suis désolée.

J'allais hurler, mais Flippi m'a caressé le bras pour me calmer.

–Ton prochain vœu sera gratuit, d'accord?

J'ai été tellement surprise que j'ai accepté le marché. Tout compte fait, quand on connaît Flippi, c'était une proposition presque honnête.

Ensuite, j'ai décidé de ne plus être amoureuse de Sven ! C'est la meilleure solution ! Le temps guérit toutes les blessures !

Samedi 9 décembre

Cette Carla ! Elle ne renoncera donc jamais !

Sa dernière trouvaille : elle a raconté à Marc que Lucilla ne s'intéressait pas du tout à lui. Quand Lucilla l'a appris, elle est allée trouver Carla et a exigé une explication.

Mais Carla, relax, a tout reconnu et a ajouté froidement :

– Écoute, Lucilla, tu n'est pas amoureuse de Marc. Moi, si. Alors pourquoi veux-tu accaparer un garçon que tu n'aimes pas ? Ça ferait un type de moins sur le marché. Et il risque de rater l'amour de sa vie !

Lucilla a réfléchi un instant.

– Tu as raison. C'est vrai. Je suis désolée.

Carla a généreusement accepté les excuses de Lucilla, et elles sont redevenues les meilleures amies du monde.

Je rêve !

Rien de neuf sur le front Jojo-Sven.

Ce n'est pas vrai que le temps guérit les blessures. Quelle idiotie.

Apparemment, Sven ne revient pas à la raison. J'attends encore un jour et je passe à l'action.

Ça commence à devenir gênant, surtout vis-à-vis de Lucilla.

Dimanche 10 décembre

OK. J'ai assez attendu.

Sven est peut-être aveuglé et ne s'aperçoit pas qu'il a fait le mauvais choix. Il faut que je l'aide à voir clair. Je dois lui ouvrir les yeux.

Mais comment ? Alors que je ne lui parle même plus ? Ou, plus exactement, qu'il ne me parle même plus ?

Il faut que je m'informe sur cette Mareike. Car si j'en sais plus, je pourrais peut-être manigancer quelque chose pour les séparer.

Un plan génial. Dans les films, toutes les héroïnes agissent ainsi.

Enfin, pas vraiment les héroïnes. Plutôt les intrigantes, les personnages un peu tordus. Et alors ? Moi aussi je peux jouer les intrigantes.

Calculatrices. Froides. Manipulatrices.

Parfaitement. Pourquoi devrais-je toujours être la gentille ?

C'est fini, maintenant. À partir d'aujourd'hui, une nouvelle Jojo entre en action.

Sans cœur. Impitoyable.

L'idée me plaît beaucoup.

Mais question intrigues, je n'ai pas une grande expérience. J'ai besoin d'aide. À qui en demander? À Lucilla? Non, elle est beaucoup trop gentille.

Carla serait parfaite. Mais il faudrait que je me confie à elle. Et ça, jamais de la vie!

À qui d'autre pourrais-je faire appel?

Flippi.

Oui, Flippi est idéale pour ce que j'ai en tête. Elle aura sûrement une idée. Pour les intrigues, les coups tordus et les vengeances, Flippi est imbattable.

Alors que je m'apprêtais à aller la trouver dans sa chambre, elle est apparue toute joyeuse, l'ours dans les bras.

– Devine ce que je viens de faire? a-t-elle demandé, les yeux brillants.

– Aucune idée.

– Je me suis arrangée pour qu'il n'y ait pas d'école demain.

– Ah bon, et comment?

Flippi, un sourire jusqu'aux oreilles, a tendu l'ours en l'air.

– L'ours magique!

Ça m'a complètement refroidie.

Si je demande de l'aide à Flippi, elle voudra faire intervenir l'ours. Et ça, c'est la cata garantie.

Il faut que je me débrouille seule. Ça ne doit pas être si compliqué !

Lundi 11 décembre

Hi hi ! J'ai appelé Sven.

C'est sa mère qui a décroché, alors j'ai contrefait ma voix et j'ai dit :

– Bonjour, ici Mareike. Pourriez-vous dire à Sven que cette semaine je n'ai pas le temps de le rencontrer ? Merci beaucoup.

Et j'ai raccroché.

Un plan génial. Sven va sûrement s'énerver. Et Mareike va attendre Sven, et Sven ne viendra pas. Elle sera furieuse et ne voudra plus sortir avec lui. Et Sven reviendra vers moi.

Il suffit d'attendre.

Flippi n'est pas allée à l'école ce matin. Elle a assuré mordicus que l'école était fermée. Impossible de la sortir du lit.

Quand je suis rentrée et lui ai annoncé que les cours avaient bien eu lieu, elle a répliqué :

– Pas pour moi. J'ai fait un vœu juste pour moi.

La logique de Flippi est imparable.

Je vais aller en ville et essayer de rencontrer Sven. S'il erre tout seul dans les rues, il sera sans doute content de me voir.

Lundi 11 décembre, le soir

Errer tout seul, tu parles ! Il était avec Mareike à la bibliothèque.

Je l'ai vu de mes propres yeux. Hélas. Et il s'en est fallu d'un cheveu qu'ils ne m'aperçoivent. La bibliothécaire s'est adressée à moi et a failli me faire repérer.

Dès que je les ai aperçus, en effet, je me suis planquée derrière un rayonnage pour les épier. Malheureusement, je ne suis pas arrivée à m'approcher assez près pour entendre ce qu'ils se disaient.

La bibliothécaire devait m'observer depuis un moment, car elle s'est approchée de moi et a demandé :

– Sais-tu que tu es dans une bibliothèque ?

– Oui, bien sûr, c'est bien pour ça que je suis ici, ai-je chuchoté.

– On dirait que tu es venue pour jouer à cache-cache.

– Quoi ? Moi ? ai-je chuchoté à nouveau.

Si seulement cette femme pouvait parler moins fort !

– C'est juste une impression, l'ai-je rassurée, toujours à voix basse. En fait, je cherche quelque chose.

– Quoi donc ?

– Un livre ? ai-je proposé prudemment.

– Lequel ?

J'ai regardé dans le rayonnage derrière lequel je m'étais cachée. Aucune idée.

– Alors, quel livre ? Je suis là pour t'aider.

– Chut ! ai-je fait.

Elle m'a regardée, surprise.

– N'oubliez pas que nous sommes dans une bibliothèque ! lui ai-je expliqué.

Elle a levé les sourcils.

J'ai pris un livre au hasard et j'ai dit :

– Ça y est, j'ai trouvé.

Elle a lu le titre.

– J'en ai besoin pour la classe, me suis-je empressée d'ajouter.

Elle a lu à haute voix :

–*Changer les couches en un tour de main. Méthode pratique pour parents débutants.*

J'ai regardé le titre à mon tour. Sur quoi j'étais tombée !

Mais j'ai hoché la tête, courageusement :

–Oui, oui, c'est exactement ce que je cherchais.

Elle a soupiré.

–Tu veux l'emprunter ?

Impossible : il aurait fallu que je sorte de ma cachette. J'avais peur que Sven me voie.

–Alors, tu te décides ?

–Je voulais juste vérifier que vous aviez ce titre, ai-je répondu.

Je lui ai mis le livre dans les mains et j'ai filé.

J'étais un peu inquiète. Pourquoi Sven sortait-il encore avec Mareike ? Est-ce que sa mère ne lui avait pas transmis le message ? Il va falloir que je téléphone à nouveau.

Je suis rentrée de très mauvaise humeur à la maison.

Sur le chemin du retour, j'ai aperçu Marc. J'ai vite changé de trottoir, car j'étais furieuse contre lui et n'avais aucune envie de le rencontrer. Si on réfléchit bien, ce type est responsable de tous mes malheurs.

Mais soudain, une idée m'est venue. Marc tombait à pic. C'était cent fois mieux que d'appeler la mère de Sven. C'était absolument génial !

Je me suis empressée de retraverser la rue et j'ai foncé pour rejoindre Marc. Un peu essoufflée, je lui ai dit en arborant un sourire enjôleur :

– Hé, Marc !

– Hé, ça va ?

– Très bien. Dis-moi, tu pourrais me rendre un service ?

– Mmm…

– C'est… à propos de Mareike. Je viens de la croiser. Et elle m'a demandé de dire à Sven… euh… qu'elle n'avait plus envie de sortir avec lui. Tu vois Sven demain au lycée, tu peux lui transmettre…

– Pourquoi elle ne le lui dit pas elle-même ?

J'ai haussé les épaules.

– Je n'en sais rien. Tu connais les filles…

Marc a hoché la tête.

– Ah, encore quelque chose ! Sven voudrait que tu dises à Mareike qu'il n'a plus le temps de la voir. Mais il ne veut pas que tu lui dises que c'est moi qui te l'ai demandé, d'accord?

–Pourquoi?

J'ai haussé les épaules.

–Je ne sais pas. Tu connais les garçons…

–Mmm…

J'ai posé la main sur son bras et lui ai adressé un grand sourire en battant des paupières.

–Tu es un trésor.

Il rayonnait.

–Merci, ai-je dit.

Et j'ai ajouté:

–Si tu veux, on pourrait aller ensemble à la pizzéria un de ces jours.

Je n'en avais pas la moindre intention, mais peut-être que ça motiverait Marc pour remplir la mission que je lui avais confiée.

Marc s'est d'abord réjoui, puis il a froncé les sourcils.

–Hmm, tu sais, je sors avec Carla maintenant, et elle ne serait pas contente si j'invitais une autre fille.

–Pas de problème, ai-je marmonné. Mais tu préviens Sven et Mareike, n'est-ce pas?

–D'accord.

–Merci, salut !

–*See you.*

Bon, maintenant ça devrait marcher. Sven et Mareike vont rompre. Grâce à moi.

Mardi 12 décembre

Si mon idée d'hier est si géniale que ça, pourquoi est-ce que je me sens aussi mal ?

Aujourd'hui, ma mère s'est excusée auprès d'Oscar et Oscar s'est excusé auprès de ma mère. Flippi prétend que c'est grâce à son ours magique.

Mercredi 13 décembre

Je n'y comprends rien.

Rien ne marche, une vraie calamité !

Sven et Mareike continuent à se montrer ensemble dans le quartier. Je les ai vus de mes propres yeux. J'ai demandé à Marc s'il avait transmis les messages et il a juré qu'il l'avait fait. Qu'est-ce qui n'a pas marché, alors ?

Que faire ? J'ai tout essayé. Je veux que tout redevienne comme avant entre Sven et moi !

Je voudrais que cette Mareike disparaisse. Ou qu'elle devienne très moche. Avec plein de boutons sur la figure. Ou… Hé, j'ai fait un vœu… Mais, oui, c'est ça !

Flippi !

L'ours magique !

Mercredi 13 décembre, le soir

Je suis allée dans la chambre de Flippi. J'ai même frappé à la porte, car j'avais besoin qu'elle soit de bonne humeur.

Elle était en train de faire ramper un de ses escargots sur un fil qu'elle avait tendu entre deux crayons.

– Qu'est-ce que tu fais ? ai-je demandé le plus gentiment possible.

– J'apprends des tours à mes escargots.

– Ah, oui, de quel genre ?

– Marcher sur un fil, a-t-elle répondu. Simon pense que c'est possible, d'un point de vue strictement scientifique. Après tout, ils sont capables de grimper aux murs et même d'avancer la tête en bas.

J'ai surmonté mon dégoût et j'ai feint le plus grand intérêt.

– Vraiment ? C'est génial.

–Au fait, a dit Flippi en changeant brusquement de ton, tu as traumatisé Simon. Maintenant, il n'ose plus venir ici. Arrange-toi pour régler ça !

J'ai sursauté. Surtout pas de dispute avec Flippi ! J'ai ravalé la répartie qui m'était venue spontanément à l'esprit et j'ai dit :

–Ah ! Flippi, ma chérie, tu sais comme je suis. Dis-lui qu'il peut venir quand il veut.

–Et que tu regrettes ?

J'ai dû prendre sur moi pour répondre :

–Oui, bien sûr.

Flippi a hoché la tête, satisfaite, et a reporté son attention sur ses escargots.

Je l'ai regardée un moment, puis j'ai repris, prudemment :

–Dis-moi, comment va ton ours magique ?

–Très bien.

–Hmm.

Flippi s'est soudain tournée vers moi.

–Qu'est-ce qu'il y a ? Tu veux que je fasse de la magie pour toi ? Ça ne coûte rien.

J'ai haussé les épaules.

–Si tu veux.

–Très bien, a dit Flippi.

Elle a laissé ses escargots tranquilles, a pris l'ours et s'est installée confortablement.

–De quoi s'agit-il ?

–Ce n'est pas pour moi. C'est… parce que… une amie à moi ne croit pas que l'ours est magique. Et j'ai parié avec elle qu'il fonctionnait.

–Évidemment qu'il fonctionne ! a protesté Flippi.

–Je le sais, me suis-je empressée d'approuver. Donc elle a dit qu'elle y croirait si son visage se couvrait d'acné.

–De l'acné ? Elle est cinglée ! Pourquoi elle ne souhaite pas une augmentation d'argent de poche ou quelque chose de sensé ?

J'ai haussé les épaules.

–Elle est un peu bête. Alors, tu le fais ?

–Si elle insiste…

–Elle s'appelle Mareike, ai-je précisé. Donc, tu demandes à l'ours d'envoyer un millier de boutons d'acné à Mareike, OK ?

Flippi s'est concentrée. Puis elle a annoncé :

–C'est bon. Son vœu est exaucé.

J'ai souri.

–Merci, Flippi. Je te revaudrai ça.

Je me sentais nettement mieux.

Jeudi 14 décembre

Évidemment, ça n'a pas duré longtemps. J'aurais dû m'en douter.

Je n'arrive toujours pas y croire ! C'est dingue ! Ce matin, en me regardant dans la glace, j'ai cru devenir folle.

J'avais un gros bouton sur la joue !

C'est trop injuste ! Mon copain sort avec une autre fille et moi j'ai un bouton sur la joue !

Je me suis souvenue du tour de magie de Flippi et je me suis précipitée dans sa chambre.

– Regarde ce que tu as fait ! me suis-je écriée en pointant un doigt vers mon visage.

– Waouh ! Génial ! s'est-elle exclamée.

– Génial ? ai-je couiné. Qu'est-ce qu'il y a de génial là-dedans ?

Flippi a donné un baiser à son ours et a commenté :

– Il fonctionne !

– Il ne fonctionne pas du tout ! ai-je protesté. C'est Mareike qui devait avoir des boutons, pas moi !

– Bon, bon, a admis Flippi, il y a un petit défaut, mais il a fonctionné !

J'ai quitté la chambre en claquant la porte derrière moi.

Flûte de zut de flûte de zut, voilà ce qui arrive quand on laisse faire des mômes d'à peine huit ans !

Il faut empêcher Flippi de continuer ses tours de magie. Il faut agir, et sans délai.

J'ai sorti la boîte de premiers secours et j'ai collé un pansement sur ma joue.

Reste à trouver une explication pour le pansement. Rien ne me sera épargné !

Impossible de me concentrer au collège. Je n'arrêtais pas de penser à Sven et à Mareike. Mareike à la peau parfaite, sans le moindre bouton.

Il faut qu'il se passe quelque chose. Je ne vais quand même pas laisser ma vie sombrer sans réagir.

J'ai réfléchi intensément.

Soudain, un dicton m'est revenu à l'esprit : « Si tu ne peux vaincre tes ennemis, fais-en des alliés. » Très bien. C'est une piste.

Qui est mon ennemi ?

Mareike. Donc, il faut que Mareike devienne mon alliée.

Parfait. Et qu'est-ce que ça va donner ?

Aucune idée. Mais je suis au désespoir. Je suis prête à tout essayer.

OK. Et comment devient-on l'amie de l'amie de son ami ? C'est là que ça cloche.

Donc, plan B.

Je me suis alors rappelé qu'il n'y avait pas de plan B. Donc, retour au plan A.

Il faut que je m'arrange pour lier connaissance avec Mareike.

Pendant la récréation, Lucilla est venue à ma rencontre, radieuse.

– Imagine, Carla et Marc sont fous amoureux ! Il l'attend chaque jour à la sortie du collège.

Puis son visage s'est assombri.

– Toutes les filles ont un petit ami. Sauf moi.

– Pas toutes, me suis-je lamentée. Je...

Mais j'ai préféré m'interrompre.

Peut-être que bientôt je sortirai à nouveau avec Sven. Tout n'est pas encore perdu. Suffit que je devienne copine avec Mareike.

Mais auparavant, il faut que je m'assure que Flippi ne viendra pas tout embrouiller avec son ours magique.

J'ai besoin d'un allié. Et si je parlais à ma mère?

Cet après-midi, on a frappé timidement à ma porte.

– Oui? me suis-je écriée, surprise.

Malgré la pancarte «Frapper avant d'entrer» fixée sur ma porte, personne ne se donne la peine de frapper. Qui que ce soit, ce n'était pas un membre de la famille.

C'était Simon. Il a avancé, tout embarrassé, et m'a tendu un bouquet de fleurs et un sachet.

– Je voulais m'excuser, a-t-il dit.

Je l'ai regardé en ouvrant de grands yeux. Qu'avait-il donc fait? D'une voix à peine audible, il a poursuivi:

– C'est à cause des escargots.

J'ai pris les fleurs et examiné le contenu du sachet. Il était plein de flacons de vernis à ongles. J'ai trouvé ça trop mignon de la part de Simon.

– Tu les as achetés avec ton argent de poche? ai-je demandé, émue.

– Presque, a-t-il répondu.

En regardant de plus près les flacons de vernis, j'ai compris ce que signifiait le «presque». Ils n'étaient pas vraiment neufs. J'en ai conclu que la mère de Simon allait se passer de vernis pendant un bout de temps.

– Tu ne vas pas avoir d'ennuis ? ai-je demandé.

– Juste un petit peu, a-t-il dit.

Simon est fils unique, le petit prince à sa maman, et sûrement gâté pourri.

J'ai réfléchi un moment et je lui ai rendu le sachet.

– C'est très mignon de ta part, mais il vaut mieux que tu les reprennes.

Simon a poussé un soupir de soulagement.

– Est-ce que je peux faire quelque chose pour toi ?

J'ai éclaté de rire.

– Quoi, par exemple ?

– Ben, peut-être…

Il a regardé autour de lui dans ma chambre.

– … ranger ta chambre, ou nettoyer tes chaussures, ou classer tes affaires.

– Merci bien, ce n'est pas la peine, ai-je répondu, un peu vexée.

– Alors, tu n'es plus fâchée ?

– Non. Pas contre toi. Contre Flippi, certainement. Mais c'est toujours comme ça entre nous, tu n'y es pour rien.

Simon a paru rassuré.

–Bon, eh bien, j'y vais. Et si tu penses à quelque chose… je suis avec Flippi.

–Pas de problème, merci beaucoup.

À peine était-il sorti que j'ai eu l'idée du siècle. Ce serait génial. Ça mettrait un terme à toutes ces histoires de magie. Et puisque Simon a proposé son aide…

Si je réussis à le convaincre… même ma mère me remerciera.

OK. Je vais essayer.

J'ai ouvert la porte et j'ai appelé :

–Simon !

Flippi a ouvert sa porte et a grogné :

–Qu'est-ce qu'il y a ?

–Je voudrais parler à Simon.

–Il n'a pas le temps, a-t-elle répliqué.

Et elle a claqué la porte.

Flûte. Il faut que je l'attrape avant qu'il s'en aille. J'ai laissé ma porte entrouverte et je suis restée aux aguets.

Des heures plus tard, la porte de Flippi s'est entrouverte. J'ai entendu la voix de Flippi :

–Bon, eh bien, à demain.

Elle est vraiment impolie. Elle ne raccompagne même pas ses invités jusqu'à la porte.

– Psst ! Simon ! ai-je chuchoté.

Le pauvre garçon a sursauté d'effroi. J'ai mis mon doigt sur la bouche et lui ai fait signe de venir dans ma chambre.

– Assieds-toi, lui ai-je dit gentiment. Je voulais te parler.

Il s'est installé et m'a regardée.

Je ne savais pas comment engager la conversation. Je pouvais difficilement lui dire : « Je voudrais que tu embrasses ma sœur. Comme ça, l'ours perdra ses pouvoirs magiques et nous n'aurons plus à vivre dans l'angoisse permanente. »

– Est-ce que tu es encore fâchée contre moi ? a-t-il demandé en tremblant.

Ça m'a surprise. J'avais réfléchi si longtemps que j'avais oublié qu'il était dans ma chambre.

– Non, non, pas du tout. Au contraire.

Au contraire ? Qu'est-ce que ça voulait dire ?

Mon Dieu, comment amener ça ?

– Tu aimes bien Flippi ? ai-je demandé.

Simon a hoché la tête.

– Oui, elle est sympa. Et puis c'est la seule qui joue avec moi.

Pauvre petit gars, ai-je pensé.

–Est-ce que tu as déjà été amoureux?

–Moi?

Il m'a regardée, décontenancé.

–À mon âge? Et amoureux de qui?

–D'une fille, pardi!

–D'une fille, jamais. Avant, j'avais un poisson rouge. Je l'aimais beaucoup.

J'ai soupiré. J'avais intérêt à changer de tactique. Ça ne menait à rien.

Je me suis raclé la gorge. Deuxième essai.

–Tu as déjà parié?

–Oui.

–Et tu aimes les paris?

–Oui.

Je lui ai fait un grand sourire.

–Super. Je parie avec toi que tu n'oseras pas embrasser Flippi.

Simon a hoché la tête.

–Tu le fais?

Simon a secoué la tête.

–Mais tu viens de hocher la tête.

–J'ai hoché la tête parce que tu as raison.

–Pardon?

–Ben, que je n'oserai pas embrasser Flippi.

– Mais tu pourrais au moins essayer. Et tu gagnerais le pari.

Simon a secoué la tête.

– Je ne préfère pas.

Hou là là, ça se révélait beaucoup plus difficile que je ne l'avais imaginé ! Il ne restait qu'une solution.

– D'accord, ai-je dit, je te donne cinq euros si tu embrasses Flippi.

Simon a secoué la tête.

– Dix ?

Simon, une nouvelle fois, a secoué la tête. Je commençais à perdre patience.

– Combien ?

– Je préfère ne pas l'embrasser, a gémi Simon.

– Très bien, dans ce cas, tant pis, ai-je dit, furieuse. Tu peux t'en aller.

Simon s'est levé et s'est glissé hors de ma chambre. Arrivé à la porte, il s'est retourné et a demandé :

– Tu n'es pas fâchée contre moi ?

J'allais répondre : « Mais non, bien sûr… », mais je me suis ravisée :

– Si, bien sûr. Et pas qu'un peu. Tu bousilles mon vernis à ongles et après tu n'es même pas capable de me rendre un petit service.

Simon a baissé la tête piteusement.

Aha ! C'était la bonne tactique !

Je l'ai regardé d'un air implorant.

– C'est tellement important pour moi !

Simon a eu une expression douloureuse.

– Pourquoi ? a-t-il demandé.

– Euh…

Je pouvais difficilement lui donner la vraie raison. J'ai essayé de me faire venir des larmes aux yeux.

– Je ne peux pas en parler, ai-je gémi, mais c'est extrêmement important !

J'ai baissé les yeux.

– Tu me rendrais très heureuse.

Simon a respiré un grand coup. Il menait un rude combat intérieur. Il a demandé :

– Est-ce qu'elle va me flanquer une baffe ? Ou un coup de poing sur le nez ?

Tiens, bien sûr. Mais devais-je lui dire ?

– Pas si tu te mets vite à l'abri, ai-je répondu.

Simon a reniflé bruyamment, l'air malheureux.

– J'ai un délai pour donner ma réponse ?

– Non.

Surtout pas ! Je l'ai imploré :

– S'il te plaît, promets-moi de le faire.

Simon a levé les yeux au ciel. Enfin, il a dit :

– Bon, d'accord.

Il commençait à me faire pitié. Il fallait que je le renvoie très vite, sinon j'allais me laisser attendrir.

– Tu n'es pas obligé de le faire tout de suite. Tu peux attendre une occasion favorable, lui ai-je proposé.

Simon a semblé soulagé.

– Merci, a-t-il murmuré.

Et il a quitté la pièce.

Vendredi 15 décembre

La vie me sourit à nouveau.

Enfin, en partie.

Aujourd'hui, j'ai traîné toute la journée en ville. À la recherche de Mareike. Plutôt idiot d'espionner une fille. En plus, il faisait un froid de canard. C'est pourquoi je suis allée à la bibliothèque pour me réchauffer.

Et c'est là que je l'ai trouvée. Dans toute sa blonde beauté, sans le moindre bouton d'acné, mais Dieu merci, sans Sven.

Elle était au rayon documentaires. Elle a sorti un livre sur la forêt vierge et a commencé à le feuilleter.

Je m'apprêtais à me faufiler près d'elle quand la bibliothécaire s'est précipitée sur moi en disant :

– Alors, tu es revenue contrôler quels livres nous avons ?

J'ai rougi légèrement, de colère et aussi d'embarras, car Mareike s'était retournée et me dévisageait.

– Salut, Jojo ! s'est-elle écriée gentiment.

J'ai viré au rouge écarlate. Il fallait qu'elle m'aperçoive au moment précis où je me faisais réprimander ! Au moins, l'intervention de Mareike a détourné l'attention de la bibliothécaire qui n'a pas posé d'autres questions gênantes et s'est éloignée.

J'ai joué la surprise et répondu :

– Salut, Mareike !

Malheureusement, je n'avais pas réfléchi à la façon d'engager la conversation quand je la rencontrerais. Je me sentais plutôt bête.

Mareike a suivi du regard la bibliothécaire.

– Tu contrôles vraiment les livres qu'ils ont ?

J'ai hoché la tête.

–C'est un projet pour le collège.

Mareike a soulevé le livre qu'elle tenait en main.

–Il faut que je fasse un exposé sur la forêt vierge.

C'était le moment de dire quelque chose de gentil si je voulais gagner sa sympathie.

–J'ai déjà fait un exposé sur ce sujet. Je peux te donner mes notes si tu veux, ai-je proposé, juste pour l'amadouer et sans penser sérieusement ce que je disais.

–Vraiment ? a demandé Mareike, surprise. Ce serait super sympa de ta part.

–Oui, oui, pas de problème, ai-je marmonné en me flanquant mentalement des gifles.

Je n'ai jamais fait d'exposé sur la forêt vierge et n'ai pas la moindre idée sur le sujet.

Bravo, ça commençait bien. Me voilà qui propose à ma concurrente de préparer un exposé à sa place. Bien joué, Jojo !

–Tu ne vas pas au lycée Humboldt ? a demandé Mareike.

–Non, et toi ?

Mareike a hoché la tête.

–Une classe en dessous de celle de Sven.

Paf! Et prends ça en plein dans la figure! J'avais l'impression que la foudre me tombait dessus. Surtout reste cool, Jojo! Nous étions en plein cœur du problème.

–Tu connais Sven depuis longtemps? ai-je demandé l'air de rien.

–Depuis toujours, a répondu Mareike.

Dur à avaler. Comment lutter contre quelqu'un qui connaît Sven depuis toujours?

–Tu sais quoi? s'est écriée Mareike. Je t'offre un Coca! Si je n'ai pas cet exposé à faire, j'ai le temps!

Prise de court, j'ai grommelé:

–Bonne idée.

Nous sommes allées dans le bistrot à côté de la bibliothèque. Je l'ai entraînée tout au fond de la salle pour que personne ne nous voie. Surtout pas Sven.

Nous avons commandé un Coca et parlé, parlé, parlé. De tout et de rien. J'ai essayé de parler de tout et de Sven, mais elle n'a pas suivi.

Je n'étais pas très loquace, mais Mareike était bavarde pour deux. Elle a dû penser que j'étais archi ennuyeuse et se dire: «Pas étonnant que Sven ne veuille plus sortir avec elle.»

Elle a été vraiment sympa avec moi. Elle aussi a une petite sœur qui lui tape sur les nerfs et sa mère est hyper sévère. Je lui ai donné quelques conseils pour éduquer sa mère. Elle a été très impressionnée et a promis d'essayer.

Quand elle a remarqué mon pansement, elle a demandé si j'avais un bouton. Avant que j'aie le temps de nier haut et fort, elle a avoué en riant que c'était toujours comme ça qu'elle faisait quand elle en avait un.

J'aurais bien aimé changer de sujet de conversation, et je commençais à me sentir déprimée. Ce n'était peut-être pas une bonne idée de s'allier avec sa remplaçante. Surtout si elle n'est pas aussi horrible qu'on pouvait l'espérer. Mais on est toujours plus malin après coup. Il était trop tard maintenant, et par-dessus le marché, j'avais un exposé à faire !

J'ai promis à Mareike de le lui donner dans deux jours et j'ai pris congé.

Ensuite, je suis retournée à la bibliothèque et j'ai emprunté tout ce que j'ai trouvé sur la forêt vierge.

Encore bravo, Jojo. Quelle nouille je suis !

Le pire, c'est que je suis bien obligée de reconnaître que Mareike est plutôt sympa. Ça n'améliore en rien mon humeur.

Samedi 16 décembre

–Alors, où en êtes-vous ? a demandé ma mère, cet après-midi.

–De quoi parles-tu ?

–Eh bien, Sven et toi ?

J'ai eu la frayeur de ma vie. J'avais tenu secrète ma brouille avec Sven. Comment l'avait-elle apprise ? Ça doit être l'instinct maternel. Les mères ont des rayons X à la place des yeux. Et si je me confiais à ma mère ?

J'ai baissé les yeux et poussé un soupir.

–Ah, c'est tellement compliqué…

–Mmm. Oui. J'y ai beaucoup réfléchi aussi, mais je n'ai rien trouvé.

J'étais super émue. Elle se faisait du souci pour moi. Elle réfléchissait à mes problèmes. Touchant, non ?

J'ai poussé un nouveau soupir.

–Le mieux est que nous passions la liste en revue, a dit ma mère.

Je l'ai regardé avec surprise.

–Tu as fait une liste ?

Waouh ! Elle se donnait vraiment du mal.

–Oui.

Elle m'a poussée dans la cuisine. Elle a préparé une tisane et m'a tendu une liste.

« *Roméo et Juliette – Samson et Dalila – César et Cléopâtre – Fred Astaire et Ginger Rogers – Tarzan et Jane – Bonnie et Clyde* », ai-je lu.

Je l'ai regardée sans comprendre. Puis, ça a fait tilt ! Ma mère avait réfléchi aux personnages que nous pourrions incarner au bal de la Saint-Sylvestre, Sven et moi.

J'ai éclaté en sanglots. C'en était trop.

– Allons, allons, Jojo. Nous allons trouver quelque chose. Il ne faut pas désespérer.

J'ai reniflé.

Ma mère m'a versé une tasse de tisane et m'a regardée.

– Ou bien s'agit-il d'autre chose ?

Non. Le moment était passé. Je ne lui raconterais rien.

– Qu'est-ce que tu as ?

– Rien, ai-je menti. Je me sens parfois affreusement triste, c'est tout.

Ma mère a hoché la tête, compréhensive.

– Ce sont les hormones. C'est la puberté qui veut ça.

Ah, oui, parfait, c'est à cause de la puberté si je suis aussi stupide et si je fais tout de travers! Admettons.

J'ai tenté de me concentrer sur la liste de ma mère. Mais je n'en ai que pleuré de plus belle. Fini le bal avec Sven. Je vais passer la Saint-Sylvestre toute seule à la maison, tandis que le reste de l'humanité s'amusera royalement.

Je me suis levée.

–J'ai des devoirs à terminer. Je réfléchirai plus tard à cette histoire de costumes.

Ma mère a approuvé.

–Mais ne tarde pas. J'ai énormément de travail pour le théâtre.

–Oui, oui, ai-je marmonné.

Et je suis retournée dans ma chambre pour préparer ce fichu exposé sur la forêt vierge.

Pauvre Jojo. Pauvre petite Jojo. J'étais si malheureuse.

Ma mère m'a rejointe quelques minutes plus tard.

–Vois-tu, Jojo, a-t-elle dit, il y a toujours de la lumière au bout du tunnel.

–Avec la chance que j'ai, ai-je rétorqué, c'est juste un train qui vient en sens inverse.

Ma mère a secoué la tête.

– Ah, Jojo ! a-t-elle soupiré.

Peu après, on a sonné à notre porte.

– Regarde qui vient te voir ! s'est exclamée ma mère en poussant Lucilla devant elle. Tu vas très vite retrouver le sourire.

Oh, non ! Je n'étais pas en état de supporter la bonne humeur de Lucilla, et si je lui racontais mes malheurs, elle allait se mettre à pleurer avec moi. Et ça, c'était au-dessus de mes forces.

Lucilla s'est assise sur mon lit.

– Ça ne va pas ?

J'ai secoué la tête.

– Je dois faire un exposé. Sur la forêt vierge.

Lucilla a sursauté.

– Mon Dieu ! Je ne suis pas au courant. Quand faut-il le rendre ?

– Non, ce n'est pas pour le collège.

Lucilla a ouvert de grands yeux. J'ai dû lui donner une explication.

– C'est pour le lycée Humboldt. Je le fais… euh… pour Sven.

Ce n'était pas faux, après tout : je le faisais pour Sven.

Lucilla s'est pâmée :

– Oh, comme c'est romantique ! Vous êtes trop choux, tous les deux !

Oui, oui, nous sommes trop choux ! Tu parles !

Brusquement, j'en ai voulu à Sven. Quel crétin, ce type ! Depuis des jours, j'étais de mauvaise humeur à cause de lui, et maintenant je devais me farcir cet exposé débile !

Je ne veux plus le voir, ce mec ! Qu'il disparaisse avec sa Mareike !

– C'est sans doute une des dernières choses que je fais pour Sven, ai-je dit à Lucilla, bien décidée à lui annoncer avec ménagement notre rupture.

– Que veux-tu dire ?

J'ai haussé les épaules.

– Tu as parfaitement compris !

– Quoi ?

Non, mais elle est bouchée !

– Sven et moi, c'est fini !

Lucilla a mis les mains devant sa bouche, effrayée.

– Oh, non ! a-t-elle gémi.

Je me sentais déjà un peu mieux. Oui, c'était cela : il faut prendre l'initiative. Parfaitement. Je vais rompre. Après, tout ira mieux. Ah ! Que m'importait Sven ? La Terre est peuplée de beaux garçons…

J'ai pris un air décontracté et j'ai déclaré, très cool :

– Calme-toi, Lucilla. C'est ainsi et pas autrement.

– Franchement, a-t-elle sangloté, tu aurais pu m'annoncer la nouvelle avec plus de tact.

J'ai passé un bras autour de ses épaules.

– Lucilla, je t'en prie, ce n'est rien. Le monde ne va pas s'écrouler pour autant.

– Mais…, a-t-elle balbutié, vous étiez le couple idéal !

Mon Dieu, qu'elle est sentimentale ! Si elle n'arrête pas à l'instant de pleurer, je vais m'y mettre aussi.

– Bon, ça suffit maintenant, me suis-je empressée de dire. Plus un mot sur Sven. Que dirais-tu de m'accompagner à un bal costumé ? Pour la Saint-Sylvestre.

Les larmes de Lucilla se sont taries aussitôt. Elle rayonnait.

– Un bal costumé ? Avec plaisir. J'adore les déguisements. Et il y aura sûrement des tas de garçons qu'on ne connaît pas.

J'ai hoché la tête.

– Certainement.

Parfait, ça marchait. Il me restait à expliquer à Lucilla qu'elle devait se déguiser en garçon et ne pas s'étonner si ma mère s'adressait à elle en l'appelant Sven.

Mais j'ai décidé de remettre l'explication à plus tard. Cela risquait d'en être trop pour Lucilla. C'en était déjà trop pour moi. Et j'avais besoin de garder les idées claires pour l'exposé sur la forêt vierge.

Je bâcle encore ça, et après, terminé, je ne veux plus entendre parler de Sven.

Dimanche 17 décembre

Bouh hou hou, il y a de quoi pleurer. Mareike est vraiment adorable. Je peux comprendre Sven. Moi-même, je la trouve plus sympa que moi.

Quand je lui ai donné les notes pour l'exposé, elle avait un cadeau pour moi. Une barrette super géniale, avec de la fourrure et des paillettes. Et elle m'a remerciée trois cent mille fois. Et m'a offert un Coca.

– Si on allait dans le petit bistrot de la dernière fois ? a-t-elle proposé.

J'ai accepté.

Je commençais tout juste à me sentir bien quand il y a eu un petit incident.

La serveuse est arrivée avec notre commande. Juste au moment où je lançais mon sac à dos sur la chaise à côté. Et le sac a balayé verres et bouteilles du plateau.

Maintenant, il y a une bonne et une mauvaise nouvelle. La bonne nouvelle : je n'ai pas reçu une seule goutte de Coca-Cola. La serveuse non plus.

La mauvaise nouvelle : derrière nous, était attablé un monsieur. Tout le Coca s'est renversé sur lui. Dans son oreille, apparemment, car il a fait un bond, a penché la tête et l'a secouée pour éjecter le Coca.

De frayeur, je me suis caché le visage dans les mains. J'étais rouge de honte. L'homme au Coca dans l'oreille n'a pas dit un mot. Il s'est contenté de me lancer un regard noir et il a pris la fuite.

J'ai mis un bon moment à retrouver mes esprits. Mareike a commandé deux autres Coca et a bavardé super gentiment avec moi.

Je me suis détendue et j'ai amené la conversation sur Sven.

– Comment trouves-tu Sven ? ai-je demandé.

– Sven est vraiment génial, a-t-elle dit. Il n'est pas superficiel comme les autres garçons.

J'ai hoché la tête. Je ne pouvais que lui donner raison.

– C'est assez difficile de trouver le garçon idéal, m'a-t-elle confié. J'attends encore le coup de foudre. Quand on devient hyper nerveuse en le voyant, quand on a les jambes qui flageolent, c'est bon signe, je crois.

Oui, c'est ça, les jambes qui flageolent… J'ai hoché la tête.

– Le pire, a-t-elle poursuivi, ce sont ces types qui se croient irrésistibles.

Mareike s'y connaissait. J'étais totalement de son avis.

J'ai eu brusquement le sentiment que je pouvais lui ouvrir mon cœur. Mais comment ?

J'ai tourné autour du pot.

– Euh… tu as l'air de t'y connaître avec les garçons… et… euh… je crois que j'ai un problème.

– Tu as un problème ?

– Non, non, pas du tout.

Je me suis ravisée : pas de conversation entre femmes. Pas avec la concurrence.

– Tu peux m'en parler, tu sais, a insisté Mareike en me souriant gentiment.

Vraiment ?

J'ai eu une idée lumineuse.

– C'est-à-dire, pas moi, une amie.

Subtil, non ?

– De quoi s'agit-il ?

– Eh bien… mon amie a un problème. Elle a un copain, et son copain croit qu'elle est allée au cinéma avec un autre garçon.

– Et elle y est allée ?

– Non, justement. Il croit seulement qu'elle y est allée.

– Et qu'est-ce qu'elle lui a dit ?

– Quoi ?

– Est-ce qu'elle a dit à son copain qu'elle n'était pas sortie avec l'autre garçon ?

– Bien sûr que non !

Et pourquoi, au fait ?

– C'est tout simple, alors, a conclu Mareike. Elle n'a qu'à lui expliquer que c'est un malentendu, et voilà.

– Qu'est-ce que tu veux dire ?

– Elle doit avoir avec lui une explication franche.

Ah bon, vraiment géniale, son idée, j'aurais pu aussi bien interroger ma mère ! De mauvaise humeur, j'ai dit :

– Je transmettrai à mon amie.

Mareike a hoché la tête, satisfaite.

– La vérité est toujours le meilleur chemin.

Merci. Franchement, j'attendais mieux d'elle.

Mareike s'est levée.

– Il faut que j'y aille. Mais on pourrait se revoir. Je te trouve super sympa.

J'ai hoché la tête. Bien sûr que je suis sympa. Je lui abandonne même mon petit ami. Sait-elle seulement que Sven est à moi, au fait ?

Elle m'a donné son numéro de téléphone.

– Tu m'appelles ? Promis ?

– Promis, ai-je dit.

Finalement, ce dicton « Si tu ne peux vaincre tes ennemis, fais-en des alliés » ne vaut pas grand-chose.

Quand je suis rentrée, je suis tombée sur Oscar. J'étais toute contente de le voir.

– Hé, ça va ? ai-je demandé.

– Tu parles, a-t-il grommelé. Nous avons passé un après-midi merveilleux. Et puis j'ai dit à ta mère que je ne l'épouserai jamais, sous aucun prétexte. Je pensais que ça lui ferait plaisir.

– Et? ai-je demandé, pleine d'espoir. Qu'est-ce qu'elle a dit?

– Elle était furieuse! s'est écrié Oscar en claquant la porte derrière lui.

Je me suis précipitée au salon et j'ai sommé ma mère de s'expliquer.

– Tu t'es encore disputée avec Oscar?

– Effectivement.

– Eh bien, bravo, et avec qui vas-tu aller au bal, maintenant?

– Avec quelqu'un d'autre, a répliqué ma mère.

Cette femme est irrécupérable.

Lundi 18 décembre

Encore un problème: Lucilla ne veut pas porter de costume masculin.

– Mais enfin, Lucilla, c'est une occasion inespérée pour rencontrer des garçons!

– En me déguisant en garçon?

Bon, bon, elle avait raison… À moins que…

– Eh bien, justement ! La plupart des garçons sont timides et n'osent pas aborder une fille qu'ils ne connaissent pas. Mais ils n'ont aucun problème pour parler entre garçons.

Lucilla a longuement réfléchi.

– Tu vas lier connaissance avec une foule de garçons ! ai-je assuré.

Le visage de Lucilla s'est illuminé.

– C'est absolument génial, Jojo. Où trouves-tu toutes ces idées ?

J'ai haussé les épaules. Le désespoir ?

Bon, ça, c'était réglé. Restait à décider quel couple nous allions représenter pour que ma mère puisse commencer à coudre les costumes.

Rien que d'y penser, j'étais à nouveau complètement déprimée, car j'aurais dû prendre cette décision avec Sven, en fait. Mais c'était du passé, tout ça...

– As-tu une idée ? Il faut que ce soit des couples célèbres, ai-je dit, sans enthousiasme, à Lucilla.

Elle était tout feu, tout flammes.

– Barbie et Ken ? a-t-elle proposé.

– Jamais de la vie !

– Jack et Rose de *Titanic* !

J'ai fait la grimace.

– Napoléon et Joséphine.

Ça, c'était le comble du mauvais goût. Je n'ai même pas répondu.

– Alors, propose quelque chose ! s'est impatientée Lucilla.

Je n'avais pas la moindre idée. Je n'avais pas envie, non plus, de réfléchir.

J'ai pensé à Thelma et Louise et à Dr Jekyll et Mr Hyde. J'étais trop déprimée pour avoir une bonne idée.

– J'ai trouvé ! s'est exclamée Lucilla. La Belle au bois dormant !

– Lucilla, je t'en prie…

– Ou alors Blanche-Neige.

– Il faut vraiment que ce soit une princesse ? ai-je gémi.

Je n'avais pas la moindre intention de jouer les princesses.

– Hé, a gloussé Lucilla, tu sais bien que je cherche un prince !

– Mais c'est *toi*, le prince, Lucilla !

– Ah oui, c'est vrai, j'avais complètement oublié !

Lucilla a réfléchi un moment.

– Mais ce doit être un costume dans lequel je fasse vraiment de l'effet.

– D'accord, ai-je dit.

De toute façon, ça m'était égal.

– La princesse Jasmine et Aladin ! s'est écriée Lucilla.

– Tu es sûre ? ai-je demandé.

Lucilla a hoché la tête.

– OK.

Je me suis levée pour aller annoncer notre décision à ma mère. Elle était emballée.

– Je vais prendre vos mesures, a-t-elle annoncé, tout excitée.

Hou là là, ça devenait embêtant ! Ma mère était persuadée qu'elle allait coudre un costume pour Sven et je ne pouvais pas lui expliquer le changement de situation en deux secondes.

– Euh... Sven n'est pas là. Mais Lucilla est ici et tu pourrais prendre ses mesures, ai-je proposé.

– Prendre les mesures de Lucilla pour le costume de Sven ? a demandé ma mère, étonnée.

– Eh bien, oui, ai-je confirmé. Ils ont presque la même taille.

– Sven a une tête de plus que Lucilla, a dit ma mère.

–Et alors ? ai-je répondu. Tu n'as qu'à faire les jambes un peu plus longues.

Ma mère a secoué la tête.

–Jojo, c'est ridicule ! Ça n'a aucun sens.

Je l'ai regardée avec un air de chien battu.

–Oh, s'il te plaît, maman ! Lucilla en a tellement envie. Je lui ai promis que tu prendrais ses mesures.

Ma mère a froncé les sourcils et marmonné :

–Ah, ces ados !

Quoi qu'il en soit, elle l'a fait.

J'ai retenu ma respiration, de crainte que Lucilla ne se trahisse, mais tout s'est bien passé. Eh oui, il m'arrive même d'avoir de la chance !

Mardi 19 décembre

Ah, non, ça c'est le bouquet ! Cette fois-ci, j'en ai par-dessus la tête !

Je vais aller de ce pas trouver Sven et m'expliquer avec lui. Je n'arrive pas à y croire !

Ce matin au collège, Lucilla m'a demandé à combien de filles Sven donnait des cours particuliers.

– Pourquoi me poses-tu cette question ? ai-je voulu savoir.

– Eh bien, parce que je l'ai vu hier avec une autre fille. Elle ne ressemblait pas à Mareike. Écoute, moi, je ne sais pas si j'apprécierais que mon copain donne des cours à tant de filles.

J'ai approuvé.

– Là, il pousse le bouchon un peu loin.

C'est vrai, quoi ! Il ne peut pas faire ça à Mareike !

Après les cours, j'ai filé jusqu'au lycée Humboldt pour intercepter Sven à la sortie.

– Sven ! ai-je crié en l'apercevant. Attends un peu. J'ai deux mots à te dire.

Sven s'est arrêté et m'a regardée.

Les mains sur les hanches, je lui ai dit en face :

– Ton numéro avec Mareike, je n'ai pas trouvé ça du meilleur goût. Mais bon, je me suis résignée.

Au moment où je disais ça, j'ai senti que c'était faux, que je ne m'étais pas du tout résignée, mais j'ai chassé cette pensée pour ne pas perdre mon élan.

–Mais que tu laisses tomber Mareike à cause de cette... de cette je-ne-sais-quoi, je trouve que c'est un comble.

Sven a ouvert des yeux gros comme des soucoupes.

Mais, au moins, il m'a écoutée. Il n'avait pas l'air de vouloir décamper. Je pouvais donc en rajouter une louche.

–Franchement, je n'aurais pas cru ça de toi. Tu es fâché contre moi – sans raison, d'ailleurs, je ne suis pas allée au cinéma avec cet idiot de Marc – et vlan ! tu te choisis une nouvelle copine. J'ai trouvé ça moche, mais bon... Je suis bonne perdante.

C'était loin d'être la vérité, mais ça n'avait plus grande importance.

–Bon, très bien, Mareike. Elle est d'ailleurs très sympa. Je me suis dit : d'accord, qu'il soit heureux avec elle ! Ensuite j'apprends que tu as une nouvelle copine, et ça c'est un peu fort de café. Est-ce que Mareike est au courant, au moins ? Ou bien l'as-tu plaquée froidement comme moi ?

Voilà. J'avais terminé ma tirade.

Sven m'a regardée complètement éberlué. Ça lui avait coupé la chique, pardi !

Puis il s'est mis à rire. Très fort. Il s'est tordu de rire, il en avait les larmes aux yeux.

Je me suis sentie assez ridicule.

–Je ne vois pas ce qu'il y a de drôle ! ai-je sifflé.

–Si tu savais… (Nouveau fou rire.)… Tu n'imagines pas…

Et le voilà qui repart de plus belle. Il secouait la tête en hurlant de rire.

Non mais, il avait perdu la raison, ou quoi ? L'avais-je trop brusqué ? Je finissais par avoir des remords.

Plié en deux, il s'est traîné vers moi et m'a posé une main sur l'épaule.

–Tu rirais aussi…, a-t-il dit entre deux hoquets.

La moutarde a commencé à me monter au nez.

–Eh bien, vas-y, crache le morceau, ça me fera peut-être rigoler aussi, ai-je répliqué.

Il a réussi à se calmer et m'a expliqué pourquoi il avait attrapé le fou rire. Et ça ne m'a pas fait marrer, pas du tout.

J'aurais voulu disparaître sous terre. Comme ce n'était pas possible, j'ai pris les jambes à mon cou et j'ai couru chez moi.

Non, mais quel idiot ! Cette fois, c'est bien fini entre nous !

Mardi 19 décembre, le soir

Je suis restée un long moment prostrée sur mon lit. Oh, la honte ! Pourquoi toujours moi ? Pourquoi ça n'arrive qu'à moi, des choses pareilles ?

Puis je me suis allongée sur le dos et j'ai réfléchi. Finalement, ce n'est peut-être pas si grave que ça. À part, bien sûr, que je me suis complètement ridiculisée.

Revenons-en aux faits : j'ai vu Sven avec une autre fille. Ils ne se tenaient pas par la main et ne se sont pas embrassés. Et ils ne semblaient pas particulièrement amoureux l'un de l'autre. D'accord.

Mais comment aurais-je pu deviner que Mareike était la *cousine* de Sven ?

– Ton imagination t'a encore joué des tours, ma chère Jojo, m'a dit Sven cet après-midi.

Et il est reparti à rire, ce cornichon.

Comment pouvais-je le savoir ? Tout laissait penser que Mareike était la nouvelle copine de Sven !

– Et l'autre fille, c'est aussi ta cousine, sans doute ? ai-je rétorqué.

Sven a ri de plus belle.

– C'était ma sœur. Tu sais bien que j'ai une sœur. Tu la connais, même !

– Oui, mais Lucilla ne la connaît pas.

– Elle a trois ans de plus que moi ! Lucilla ne s'en est pas aperçue ?

Il faut croire que non.

Voilà ce qui arrive quand on sort avec un type qui a des sœurs et des cousines !

Sven a ajouté :

– Maintenant je comprends ce que signifient ces messages mystérieux que nous avons reçus, Mareike et moi.

J'ai ouvert de grands yeux.

– Je n'ai rien à voir avec ça ! ai-je affirmé tout à trac.

– Tu *souhaiterais* ne rien avoir à faire avec ça !

– Parfaitement. C'est ce que je dis.

Sven a secoué la tête.

– Ah, Jojo, avoue que tu étais jalouse !

– Pas le moins du monde ! ai-je protesté.

Et j'ai tourné les talons.

Voilà. Et maintenant, je suis allongée sur mon lit, avec l'impression d'être la reine des idiotes.

Jeudi 21 décembre

Encore passé une nuit blanche. Je n'ai pas arrêté de penser à Sven. J'étais décidée à parler à ma mère et à lui demander conseil. Je n'avais pas l'intention, bien sûr, de lui dire qu'il s'agissait de Sven et de moi ; je voulais raconter l'histoire comme si c'était arrivé à une de mes amies. Mais je n'en ai pas eu l'occasion.

Ma mère a d'autres soucis.

Elle a terminé les costumes de Flippi et Simon, mais quand elle a montré, toute fière, le costume de Gretel à Flippi, celle-ci s'est écriée, horrifiée :

–Je ne vais pas au bal en Gretel !

Ma mère n'y comprenait plus rien :

–Mais c'est toi qui m'as dit que vous vouliez vous déguiser en Hänsel et Gretel !

–Oui, mais moi, je suis Hänsel ! Je ne veux pas faire Gretel !

À l'idée que Flippi allait obliger Simon à se déguiser en Gretel, ma mère a eu pitié du pauvre garçon et elle a tout essayé pour faire changer d'avis Flippi.

Mais Flippi ne s'est pas laissée fléchir.

Finalement, ma mère a trouvé un argument imparable.

– D'accord, comme tu veux, a-t-elle dit en haussant les épaules. Je pensais juste que tu préférais le rôle de l'héroïne.

– Que veux-tu dire ? a demandé Flippi, intriguée.

– Eh bien, Hänsel est enfermé par la sorcière dans une cage. Je trouve assez nul qu'il se laisse faire. Pour moi, la plus maligne des deux est incontestablement Gretel.

Flippi a réfléchi un moment, puis elle a décidé :

– Tu as raison. Donne-moi le costume !

Un quart d'heure plus tard, Flippi est venue me montrer son costume. Impossible de reconnaître Gretel.

– Qu'est-ce que c'est que ça ? ai-je demandé.

– Eh bien, c'est Gretel, espèce d'andouille ! Ça se voit, non ?

– Avec une cape de Superman ?

Flippi a hoché la tête.

– Bien sûr. Gretel était très maligne. C'est elle qui a sauvé Hänsel et vaincu la sorcière. Et pour ça, elle a besoin de pouvoirs surnaturels. Comme Superman.

–Mais enfin, Flippi, c'est complètement débile ! Tu délires !

Flippi a déployé sa cape d'un air menaçant.

–Attention à ce que tu dis, Jojo, sinon tu vas le regretter !

–Naturellement, ai-je dit. Supergretel va me transformer en pain d'épice.

J'ai aperçu à ce moment l'ours magique que Flippi tenait serré dans sa main. Je me suis mordu les lèvres.

J'étais persuadée que l'ours ne fonctionnait pas, mais on ne peut jamais être sûr de rien.

J'ai levé la main en signe d'apaisement.

–Oui, oui, une super idée, ai-je concédé.

Flippi s'est approchée en agitant l'ours devant mon nez.

–Tu devrais être un peu plus gentille avec ta sœur. Pense à tes boutons d'acné.

–À *mon* bouton ! ai-je corrigé. Il n'y en avait qu'un.

–Ça pourrait changer ! a-t-elle menacé en quittant ma chambre.

Surtout ne pas répliquer. Garde ton sang-froid, Jojo. On ne sait pas quels dégâts cet ours peut provoquer. Patience. Dès que Simon aura rempli sa mission, finis les tours de magie de Flippi !

Le problème est que le petit bonhomme n'est pas pressé de s'exécuter. Chaque fois que je lui demande : « Quand ? », il répond : « Bientôt ».

Bientôt, c'est jamais.

– L'occasion ne s'est pas présentée, se justifie-t-il.

Beuh ! Petit lâche ! L'occasion ne se présentera jamais ; il faut le faire, un point c'est tout.

Sven est toujours aux abonnés absents. Pas d'appel, rien. Il commence sérieusement à m'énerver, celui-là.

Je suis à cran, de toute façon.

J'étais de meilleure humeur quand je croyais que Sven avait une nouvelle copine.

Vendredi 22 décembre

Pas d'amélioration de mon humeur. Et ma mère ne fait rien pour me remonter le moral. Au contraire. Elle n'arrête pas de râler :

– Jojo, ne fais pas cette tête d'enterrement !

Ça me déprime encore plus et je me réfugie dans ma chambre pour échapper à ses réflexions.

Le reste de l'appartement est sens dessus dessous. La fièvre de Noël a gagné ma mère. Je n'arrive pas à comprendre qu'elle se laisse surprendre chaque année par Noël : la date est pourtant fixée depuis deux mille ans et la cérémonie est toujours la même. De quoi a-t-on besoin ? D'un sapin et de cadeaux. Bon, d'un peu de nourriture aussi.

– C'est incroyable comme le temps file ! se lamente-t-elle.

– Si tu nous donnais de l'argent, on pourrait acheter nos cadeaux nous-mêmes ! ai-je proposé pour la centième fois.

– Ah ? Pour que vous ne puissiez plus croire au Père Noël ? Non, jamais de la vie ! répond-elle.

Pauvre femme.

Samedi 23 décembre

Et pauvre Jojo.

Au secours. Noël est presque là et à cause de tout le stress j'ai complètement oublié que le Père Noël n'existait vraiment pas et que je devais moi-même acheter des cadeaux pour ma mère, ma sœur et le reste de la famille.

Super ! Et tout ça dans l'état où je suis. Je veux dire dans mon état de zombie larmoyant et furibard. Je suis en permanence à côté de mes pompes, et en pensant à Sven j'alterne crises de larmes et crises de rage parce qu'il ne se manifeste pas.

Alors, pour les cadeaux de Noël, qu'on ne s'attende pas à ce que j'aie des idées géniales.

Dimanche 24 décembre

Ça va être le Noël le plus triste de ma vie. Je suis siiiiiii malheureuse.

Ce matin, j'ai brutalement réalisé que tout était ma faute. Enfin, pas vraiment tout – je ne suis pas responsable de la faim dans le monde ni des guerres. Mais le désastre avec Sven, c'est ma faute, ma très grande faute. Je n'aurais pas dû donner rendez-vous à Marc, juste pour embêter Carla. C'était moche vis-à-vis de Sven. Vis-à-vis de Marc aussi, d'ailleurs. Ce n'était pas très gentil pour Carla, mais ça, on peut oublier. Carla n'est pas spécialement gentille avec moi non plus, et on a bien le droit de se venger de temps en temps.

J'aurais dû tout expliquer à Sven et m'excuser. Au lieu de ça, j'ai envenimé la situation. Parce que je suis la reine des idiotes. Même un bouquet de persil est plus intelligent que moi.

J'aurais dû, je n'aurais pas dû… Maintenant, c'est trop tard. Et je ne peux m'en prendre qu'à moi-même. Je serai malheureuse jusqu'à la fin de mes jours.

Joyeux Noël, Jojo !

Dimanche 24 décembre, le soir

Tout n'est peut-être pas perdu. Je viens d'avoir une idée génialissime.

Après avoir longtemps réfléchi, j'ai pris une feuille de papier et j'ai écrit une lettre à Sven.

Je me suis platement excusée et j'ai écrit que j'étais aussi bête qu'un bouillon de poule et que je regrettais de m'être conduite si stupidement. Et qu'il me manquait beaucoup et que sans lui, la vie n'avait pas de sens.

J'ai écrit tout ce que, normalement, je n'avouerais jamais, même sous la torture.

Puis je suis allée chez Sven et j'ai glissé la lettre dans sa boîte aux lettres.

Et maintenant, j'attends.

Je me sens déjà mille fois mieux. Dieu sait pourquoi. Rien n'a changé, en réalité, mais quand même…

Lundi 25 décembre

Pas de réponse de Sven. Pas d'appel, rien.

Bien fait pour moi. Je suis une parfaite andouille ! Pas étonnant si Sven ne veut plus entendre parler de moi.

La lettre d'excuses n'a servi à rien. Mon comportement est inexcusable, sans doute.

Mais je ne vois pas ce que je peux faire de mieux que m'excuser.

À part ça, Noël a été étonnamment calme. Plus exactement : il n'y a eu aucune catastrophe. L'explication : ma mère n'a pas lâché Flippi d'une semelle et a ainsi réussi à éviter le traditionnel incendie du sapin de Noël.

– Et si on chantait ? On est si bien…, a proposé ma mère, cet après-midi, en servant des petits gâteaux et du thé de Noël.

Flippi s'est mise à brailler *Dans le port de Madagascar* et ma mère a vite écourté le programme musical. Elle a estimé que ce n'était pas une chanson adaptée à la saison.

Ça n'a pas impressionné Flippi le moins du monde. *Dans le port de Madagascar* convient en toute saison, a-t-elle affirmé.

– Oui, quand on a grandi dans une famille de pirates, ai-je répondu.

Ma mère en a conclu que j'étais de son avis et m'a invitée à chanter ou à réciter un poème. Mais je n'avais pas le cœur à ça. J'étais trop malheureuse.

Je veux oublier Sven. C'est fini, bien fini. Et c'est ma faute !

Mardi 26 décembre

Sven est trop mignon !

Il s'est présenté hier après-midi avec un cactus. Il a dit, avec un sourire en coin :

– Tu ne mérites pas encore des roses. Mais c'est toujours un début...

J'ai complètement oublié que j'avais les yeux rougis de larmes et une tête à faire peur, tellement j'étais heureuse. J'ai juste bredouillé :

– Je ne suis pas allée au cinéma avec Marc, je le jure !

Sven a expliqué :

– Ce n'est pas le problème. Enfin, si, mais pas seulement. Ce qui m'a énervé, c'est que tu as préféré jouer un mauvais tour à une copine plutôt que faire ce que tu voulais vraiment.

J'ai hoché la tête, honteuse.

Sven a souri, puis une ombre est passée sur son visage.

– Tu n'es pas attirée par Marc, au moins ?

– Bien sûr que non ! me suis-je écriée. Depuis que je te connais, je ne suis attirée par aucun autre garçon.

Sven a retrouvé sa bonne humeur.

– C'est bien ce que je pensais !

Et pour m'empêcher de parler, il m'a embrassée.

– On devrait s'embrasser plus souvent, comme ça je dirais moins de sottises ! ai-je proposé dans un éclair de lucidité.

Sven a éclaté de rire.

– Très juste !

– Tu n'es plus fâché ? ai-je demandé timidement.

– Mais non !

J'ai poussé un soupir de soulagement. Dieu merci. Fini le chaos, les mauvaises nouvelles, j'allais couler des jours tranquilles et heureux. C'était le bonheur parfait.

–J'ai une super idée pour nos costumes de la Saint-Sylvestre ! a annoncé Sven.

J'étais folle de joie. Cela signifiait qu'il n'avait jamais renoncé à venir au bal avec moi. Il est trop mignon !

Je l'ai regardé, me demandant ce qu'il avait trouvé.

–Adam et Ève, a-t-il dit.

–Quoooooi ? ai-je coassé. Jamais de la vie !

Sven a ri.

–Je plaisante.

–On ne plaisante pas avec ces choses-là.

Pourquoi pas, au fait ?

–On va se déguiser en Robin des Bois et Frère Tuc, a proposé Sven.

–Super idée, ai-je marmonné en essayant de cacher ma déception.

Sven a froncé les sourcils et m'a regardée :

–Alors, aucun humour aujourd'hui ?

Je lui ai lancé un regard boudeur. Il a souri.

–Robin des Bois et Marianne, bien sûr.

– Pourquoi ?

– Parce qu'elle l'aimait, bien qu'il soit un hors-la-loi.

J'ai souri. Qu'il est romantique !

Sven a réfléchi un instant, puis il a ajouté :

– L'ennui, naturellement, c'est que je devrais me costumer en Marianne.

Je lui ai donné un coup sur le bras, mais il s'attendait à ma réaction : il a saisi ma main et l'a embrassée.

– C'est bon, a-t-il décidé, tu pourras être Marianne.

Et il m'a embrassée à nouveau. C'était siiiiii romantique. J'étais sur un petit nuage.

Je me suis blottie contre lui.

– Je suis tellement heureuse que tu viennes au bal avec moi !

Je me suis alors rappelé que j'avais invité Lucilla et que ma mère avait commencé à coudre les costumes ! Aïe aïe aïe, gare aux complications ! Que faire ?

Timidement, j'ai suggéré :

– Nous pourrions demander à Lucilla si elle veut venir.

– Costumée comment ?

–En Frère Tuc !

–Tu plaisantes, je suppose ?

–Euh…

–Jojo, qu'est-ce tu manigances encore ?

–Rien ! ai-je assuré en tentant de prendre un air innocent.

J'ai décidé de ne rien dire et d'attendre une meilleure occasion.

–Viens, allons trouver ta mère pour les costumes, a proposé Sven.

–Non… euh… pas maintenant. Je lui dirai plus tard.

Dès que j'aurai trouvé une bonne explication.

–D'accord, de toute façon il faut que j'y aille, a dit l'homme de ma vie.

Avant de partir, il m'a longuement embrassée.

Après son départ, je me suis affalée sur le lit, folle de bonheur. J'étais au septième ciel.

J'étais siiiiiiiii heureuse. Si heureuse que j'ai pris mon cahier de maths et dessiné cent cinquante cœurs.

Je trouverais bien une explication pour M. Schneider.

La vie est merveilleuse !

Un seul point noir : cette double invitation pour le bal. Comment vais-je m'en sortir ?

Je pourrais dire la vérité... Non. Je ne préfère pas.

Pour commencer, je dois prévenir ma mère qu'il y a un changement de costumes.

Ensuite, je m'expliquerai avec Lucilla, et peut-être avec Sven. Mais seulement si je ne peux pas faire autrement.

Mercredi 27 décembre

Lucilla est venue aujourd'hui.

Ça a fait tilt aussitôt dans ma tête : le bal de la Saint-Sylvestre ! Les costumes !

J'ai salué rapidement Lucilla, je l'ai poussée dans ma chambre et j'ai couru chez ma mère.

– Tu as déjà commencé nos costumes ? Sven et moi, on a changé d'avis.

Ma mère m'a lancé un regard noir :

– Commencé ? Je les ai terminés !

– Flûte ! ai-je fait. Qu'est-ce que c'était déjà ?

L'humeur de ma mère s'est encore assombrie.

– Aladin et la princesse Jasmine.

– Oh, non ! ai-je gémi en me laissant tomber sur une chaise.

Ma mère m'a dévisagée un moment, puis elle a pris une grande inspiration et a demandé :

– Et qu'avez-vous choisi maintenant ?

– Robin des Bois et Marianne, ai-je répondu à voix basse.

Ma mère m'a tourné le dos et elle a fouillé dans un tas de costumes en marmonnant je ne sais quoi.

Puis elle s'est retournée vers moi et a dit :

– Je peux retoucher des costumes du théâtre. Ça devrait aller.

Je l'ai embrassée joyeusement.

– Mille mercis, petite maman !

Mais il restait un détail.

– Euh… Tu pourrais… euh… coudre aussi un costume pour Lucilla ?

Pas de réaction.

– S'il te plaît, ai-je imploré.

– Ah, Jojo ! a-t-elle soupiré.

Ce qui signifiait qu'elle cédait.

– Merci, maman ! me suis-je écriée en la serrant dans mes bras.

– Où va Lucilla ?

– Euh… avec nous. Au théâtre, ai-je répondu.

Ma mère m'a regardée d'un air étonné :

– Tu aurais pu me le dire ! Il faut que je trouve un autre billet.

– Mince, je n'y avais pas pensé. C'est possible ? S'il te plaît !

– Bon, bon, on verra, a dit ma mère.

– Merci, merci, petite maman ! Tu es la meilleure !

Ma mère a souri, flattée.

– Et qu'est-ce qu'elle veut comme costume, Lucilla ?

J'ai réfléchi. Rien n'était encore décidé, mais il fallait que je profite des bonnes dispositions de ma mère.

– Tu n'aurais pas de vieux costumes encore utilisables ?

Ma mère a hoché la tête.

– J'ai un stocks de robes de princesses dont nous n'avons plus besoin.

– Super ! Exactement ce qu'il lui faut ! me suis-je écriée.

Ma mère a souri.

Que Dieu protège cette femme !

Je suis donc retournée voir Lucilla.

Je suis rentrée dans ma chambre avec un sourire jusqu'aux oreilles. Il est toujours bon de transmettre les mauvaises nouvelles avec le sourire.

– Petit changement de programme ! ai-je annoncé. Tu peux aller au bal en princesse !

– Mais je veux me costumer en mec. Pour avoir de meilleures chances avec les garçons.

– Voyons, Lucilla, quel garçon voudra danser avec un autre mec ? C'est mieux si tu peux te parer de tous tes charmes féminins. Comme une vraie princesse de contes de fées. Et on emmènera Sven. Il pourra lier connaissance avec les garçons et te les présenter.

Voilà : j'avais habilement réintroduit Sven dans la conversation.

Lucilla a réfléchi un bon moment avant de répondre :

– Tu as parfaitement raison, Jojo ! Tu as toujours des idées géniales.

J'étais très fière de moi.

– Mais tu ne penses pas que je devrais avoir un cavalier pour le bal ? a-t-elle demandé. À cause du thème de la soirée. Si je me costume en princesse, je suis obligée de danser avec un prince.

– Ou avec une grenouille, ai-je proposé.

– Merci ! Mais si je rencontre un pirate ou un cow-boy et que je les trouve bien plus mignons, que faire ?

Je me suis rappelé que, de toute façon, on ne pouvait aller au bal qu'en couple, à cause du thème. Mais je n'ai pas voulu inquiéter Lucilla avec ce détail.

– Bon, tu seras une princesse de contes de fées, ai-je décidé, et je parlerai à Sven pour qu'il te trouve un prince.

Lucilla était satisfaite.

– Tu ne romps plus avec lui ? a-t-elle demandé.

Je l'ai regardée en ouvrant de grands yeux.

– Rompre ? Bien sûr que non, il n'en a jamais été question !

Lucilla était aux anges : tout rentrait dans l'ordre dans son petit monde.

Il faut maintenant que Sven lui trouve le partenaire idéal.

Jeudi 28 décembre

Sven refuse.

J'ai tout essayé.

–Lucilla se réjouit tellement d'aller au bal ! Mais elle a absolument besoin d'un cavalier ! ai-je supplié.

–Elle n'a qu'à venir avec nous.

–Et costumée comment, je te le demande ? En sœur jumelle de Marianne, peut-être ?

–Par exemple.

–N'importe quoi ! Si je me souviens bien, un couple est toujours composé de *deux* personnes.

Sven est resté muet.

–Il doit bien y avoir un mec prêt à accompagner Lucilla au bal !

–Je peux mettre une annonce au lycée, a proposé Sven.

–Ne dis pas de bêtises !

Puis j'ai réfléchi :

–Pourquoi pas, après tout ?

–C'était une plaisanterie, Jojo.

–J'avais compris, ai-je grommelé.

J'ai essayé une autre stratégie. D'une voix ferme, j'ai déclaré :

–Écoute : c'est ton problème. Lucilla va au bal costumée en princesse, trouve-lui un prince !

Et pour l'empêcher de protester, je l'ai embrassé.

Je suis sur mon petit nuage. Je n'arrive à penser à rien d'autre qu'au bal de la Saint-Sylvestre. Ça va être fantastique, j'en suis sûre.

Simon a promis d'embrasser Flippi pendant le bal. Je serai définitivement débarrassée du problème de l'ours.

Je vais passer une soirée extraordinaire avec Sven. Quant à Lucilla, elle va rencontrer son prince charmant et tomber amoureuse sur-le-champ.

Vendredi 29 décembre

Lucilla a appelé.

–Je suis super excitée !

C'est comme ça que débute toute conversation avec elle depuis peu.

Elle se réjouit de rencontrer son prince – que Sven n'a pas encore déniché.

–Je fais un saut chez toi. Pour essayer le costume, d'accord ?

J'ai commandé à ma mère un costume de princesse aussi neutre que possible pour Lucilla, afin qu'elle s'accorde avec tout type de prince.

Lucilla a tourné plusieurs fois devant le miroir.

– C'est un rêve ! Je suis née à la mauvaise époque. Dans une robe pareille, je suis cent fois plus à mon avantage.

– Ce ne serait pas très pratique pour le collège, ai-je remarqué.

– Tu l'as déjà vu ?

– Qui ?

– Eh bien, *lui* !

Ah, son prince !

J'ai secoué la tête.

– Mais on peut se fier à Sven, il a bon goût pour ce genre de choses.

Lucilla était rassurée.

Pas moi. Pourvu que Sven réussisse dans sa chasse au prince charmant !

– Sais-tu ce qui est le plus génial ? a demandé Lucilla.

– Non.

– Eh bien, si le premier janvier quelqu'un me demande depuis combien de temps je connais le type, je peux dire : « Depuis l'année dernière. » Ça sonne quand même mieux que si je disais : « Depuis hier. »

Je crois que Lucilla commence à profiter de mes leçons.

Après son départ, j'ai appelé Sven pour l'inviter au cinéma et lui demander par la même occasion ce que fabriquait le prince de Lucilla.

– Il combat un dragon je ne sais où, a-t-il répondu.

– Ah, Sven, ne joue pas avec mes nerfs ! Es-tu sûr de trouver quelqu'un ?

– Oui.

Il n'y a plus qu'à espérer.

Samedi 30 décembre

Ce matin, ma mère est apparue dans ma chambre dans une robe sensationnelle.

– Comment trouves-tu mon costume ? a-t-elle demandé.

Elle était Scarlett O'Hara du film *Autant en emporte le vent*.

– Waouh ! Super !

Elle ne ressemblait pas à une mère. Ce ne sera peut-être pas aussi gênant que je le pensais d'aller à la fête avec elle. À condition qu'elle reste discrète et ne soit pas toujours sur mon dos à me faire des remarques, style : « Ne t'essuie pas les doigts sur la nappe » ou « Ferme la bouche quand tu manges ».

Alors qu'elle s'apprêtait à sortir de ma chambre, une pensée a traversé mon esprit :

– Dis-moi, as-tu trouvé un nouveau Rhett Butler pour t'accompagner ?

– Bien sûr, a-t-elle répondu.

– Qui est-ce ?

Elle a rougi.

– Oscar, a-t-elle marmonné.

– Vous vous êtes réconciliés ?

– Ah…, a soupiré ma mère. Nous avions déjà les billets d'entrée, je n'avais pas le choix…

Tu parles ! Ma mère aime Oscar, mais elle refuse de l'avouer.

– Génial, ai-je dit, et je me suis mise à fredonner *La Marche nuptiale*.

– Jamais de la vie ! s'est exclamée ma mère, horrifiée.

Bon, elle finira bien par devenir adulte, un jour.

Dimanche 31 décembre

Le grand jour est arrivé.

Flippi a été intenable toute la journée. Elle a passé son temps à sauter et à essayer des poses de Supergretel. Une vraie pile électrique.

Même ma mère a perdu patience et l'a menacée :

– Si tu ne te calmes pas immédiatement, je prive tes escargots de salade.

– Tu ne ferais pas ça ! a protesté Flippi, épouvantée.

– Continue comme ça et tu verras, l'a prévenue ma mère.

Finalement, Flippi est partie en marmonnant dans sa chambre, nous laissant en paix, ma mère et moi.

Lucilla a appelé pour demander des nouvelles de son prince. Elle voulait avoir des détails. Je ne pouvais lui en donner aucun, car hier soir Sven était encore bredouille.

– Ne t'inquiète pas, Lucilla, ai-je dit, laisse-toi surprendre.

Moi aussi, je vais devoir me laisser surprendre.

– Tu sais quoi ? a dit Lucilla.

– Non.

– C'est totalement romantique !

– Quoi donc ?

– Eh bien, que je ne connaisse pas mon prince, et que je le rencontre ce soir pour la première fois, a soupiré Lucilla.

Oui, d'accord, on peut voir les choses comme ça.

À huit heures, Oscar, ma mère, Flippi et moi attendions Sven, Lucilla et le prince devant le théâtre.

J'ai guetté un moment propice pour parler à Oscar seule à seul. L'occasion s'est présentée quand Flippi, déguisée en Supergretel, s'est mise à gesticuler autour des invités en agitant son ours magique. Ma mère a dû lui courir après.

– Écoute, Oscar, ai-je dit, tu aimes bien ma mère…

– Oh oui ! Je l'aime tellement que je rêve de l'épouser, m'a-t-il interrompue.

– Oscar ! l'ai-je réprimandé. Tu ne dois pas aborder ce sujet !

– Même avec toi ?

– Même avec moi. Il faut absolument que tu perdes cette mauvaise habitude.

Oscar a secoué la tête. Quelle tête de mule.

– Je veux épouser ta mère. Et un jour elle dira oui. Je n'ai peut-être pas fait ma demande correctement.

Mais bien sûr ! Il lui a fait au moins trente-quatre demandes en mariage : à genoux, avec une bague, avec des fleurs, en smoking, en maillot de bain, en peignoir, dans un ballon dirigeable, au supermarché, dans un garage…

J'ai poussé un soupir.

– S'il te plaît, sois gentil : pas ce soir ! Sinon, tu vas gâcher la fête. Elle nous rapatriera aussi sec à la maison et nous serons condamnées à mettre de stupides chapeaux en papier et à manger de la fondue au fromage.

– Tu ne trouves pas que c'est le moment idéal : la Saint-Sylvestre, à minuit ?

– Non ! Surtout pas ! S'il te plaît ! l'ai-je imploré.

Oscar a baissé la tête.

– Je vais essayer.

– Merci.

Quand Lucilla est enfin arrivée, Sven n'était toujours pas là.

Lucilla était hyper nerveuse et n'arrêtait pas de demander où était son prince. J'étais à deux doigts de supplier Flippi de transformer le premier escargot venu en prince charmant.

Et puis Sven est apparu. Seul.

Lucilla a enfoncé ses ongles dans mon bras. J'ai enfoncé mes ongles dans la paume de ma main. J'étais aussi nerveuse qu'elle. Si Sven n'avait trouvé personne, j'allais me sentir mal toute la soirée et la fête serait gâchée.

– Il n'est pas encore là ? s'est étonné Sven. Une seconde.

Il a disparu dans la foule amassée devant le théâtre. Quelques secondes plus tard, il réapparaissait en traînant un prince derrière lui. Et le prince était plutôt mignon.

– Où est ma princesse ? a-t-il demandé.

Lucilla a gloussé en rosissant. Sven l'a prise par la main et lui a présenté le prince avec force courbettes.

– Très honorée princesse, permettez-moi de vous présenter le prince Nico 1er. C'est pour lui un grand honneur de passer cette soirée à vos côtés.

Lucilla a gloussé de plus belle.

Nico 1er portait un turban et un pantalon bouffant. Un prince des *Mille et Une Nuits*. Pas très accordé à Lucilla, habillée en princesse occidentale, mais il avait fière allure.

Et puis les couples mixtes sont souvent très heureux. Lucilla, en tout cas, semblait aux anges.

– Où l'as-tu trouvé ? ai-je demandé à Sven à voix basse.

– Dans la rue. C'est un vrai prince.

– Arrête de blaguer. Dis-moi qui c'est !

– Un cousin à moi. Tu sais que j'ai une grande famille, a-t-il dit avec un sourire en coin.

Je suis devenue écarlate, en pensant combien je m'étais ridiculisée avec Mareike.

Lucilla m'a tirée par la manche en chuchotant :

– Il est siiiii mignon, tu ne trouves pas ?

J'ai souri.

– Oui, il est très bien.

– Je suis déjà amoureuse, a susurré Lucilla.

Ça, c'est Lucilla tout craché : amoureuse au bout de trois minutes et demie !

– Bien, maintenant que nous sommes au complet, nous pouvons entrer, a dit ma mère.

Le théâtre était super bien décoré.

– Il vaut mieux que nous restions tous ensemble, a proposé ma mère quand nous sommes arrivés à notre table.

– Pour l'amour de Dieu ! s'est exclamé Oscar. Je n'ai pas envie d'être vu en compagnie d'ados. Que vont penser les gens ?

Cet homme doit absolument entrer dans notre famille !

Ma mère a fait la moue.

– Je ne sais pas… Tu crois qu'on peut les laisser se débrouiller seuls ?

Oscar a levé les yeux au ciel.

– Isolde ! Jojo a treize ans ! Mais tu peux tenir Flippi par la main ou en laisse.

Flippi a rouspété :

– Non, mais ça va pas !

Oscar lui a ébouriffé les cheveux.

– N'aie crainte, je veux que tu me laisses tranquille. Bon, vous savez où nous sommes, s'il y a un problème. Table quatorze !

Vive Oscar.

Avant qu'on se sépare, je devais avoir une petite conversation avec Simon. Je l'ai entraîné à part et je lui ai chuchoté :

– Rappelle-toi ce que tu as promis !

Simon a baissé la tête.

– Il faut vraiment que je l'embrasse ?

J'ai tapé du pied.

–Bien sûr, tu as donné ta parole!

Simon a soupiré.

Pourvu qu'il ne me laisse pas en plan.

–Si on dansait? a proposé Nico à Lucilla.

Lucilla a répondu en rougissant légèrement:

–Je ne connais aucune danse orientale.

Nico a ouvert de grands yeux, se demandant si c'était une plaisanterie. À tout hasard, il a répondu:

–Moi non plus.

Lucilla était soulagée.

–Tu veux boire quelque chose? m'a demandé Robin des Bois.

–Un Coca cerise, ai-je aussitôt répondu.

Je n'aime pas spécialement le Coca au sirop de cerise, mais il est servi dans des verres à cocktail, et je trouve que ça fait très adulte.

Tandis que nous étions accoudés au bar, Flippi est arrivée en courant et m'a tirée par le bras.

–Regarde un peu vers le buffet! s'est-elle exclamée.

J'ai regardé, mais je n'ai rien vu. Rien de particulier.

–Qu'est-ce qu'il y a ? ai-je demandé.

–Tu as vu la vieille dame ? a insisté Flippi.

–Ah bon, parce qu'on est là pour regarder les vieilles dames ?

Flippi a ricané.

–Soit elle a dévalisé un loueur de costumes, soit c'est une statue de la liberté qui a été expulsée de son pays.

–De quel pays ?

–La Transylvanie ou la France. Ou peut-être l'Amérique. C'est pas clair, a répondu Flippi. Elle a un grand manteau noir avec des tas de rubans bleu-blanc-rouge, sur lesquels sont fixées de petites chouettes et des chauves-souris. Sur la tête, elle porte une sorte de chapeau qui ressemble à une tour Eiffel miniature. Et ça clignote, on dirait des éclairs.

–Ça a l'air assez bizarre ! ai-je commenté.

–Mais ce n'est pas fini, a poursuivi Flippi. La vieille a un sac à main et elle n'arrête pas de lui parler.

Je me suis figée. Mon cœur s'est arrêté de battre.

–Elle a ouvert son sac et en a sorti une coupe de glace et une petite cuillère, a raconté Flippi.

Cette fois, le doute n'était plus permis. Je savais qui était la vieille dame : Klarafina !

C'est Klarafina qui m'a donné l'ours, autrefois, et m'a expliqué que je pouvais réaliser tous mes vœux aussi longtemps que je n'aurais pas embrassé de garçon. Ça a foiré, bien sûr : j'ai eu beau me jurer de ne jamais toucher un garçon, c'est quand même arrivé. Passons[1].

Je n'avais jamais revu Klarafina après mon premier baiser. Que faisait-elle ici ? Était-elle venue à cause de Flippi qui était maintenant la propriétaire de l'ours ? Pour empêcher que Simon ne l'embrasse ?

Je suis devenue toute pâle. Paniquée, j'ai demandé à Flippi :

– Est-ce que tu lui as parlé ?

– Non, a dit Flippi. Mais c'est une bonne idée. Il faut absolument que je fasse sa connaissance.

Et, ftt, elle a disparu.

– Hé, Flippi, attends-moi ! ai-je crié.

Mais il était trop tard.

Catastrophe ! Vite, rattraper Flippi avant qu'elle parle à Klarafina. Et que celle-ci l'avertisse qu'une

* Voir *Miss Catastrophe*, tome 1 : *On n'embrasse pas les sorcières.*

sorcière perd ses pouvoirs magiques dès qu'un garçon l'a embrassée !

– Il faut que je trouve Flippi, ai-je annoncé à Sven.

Je lui ai tendu mon verre vide et j'ai foncé dans la foule.

J'ai perdu un bon quart d'heure avant de la repérer dans un coin de la salle. Elle était avec Simon qui essayait de la retenir. Fidèle à sa promesse, le malheureux, debout sur la pointe des pieds, les lèvres en cul de poule, tentait d'embrasser Flippi qui se débattait furieusement.

J'ai retenu mon souffle. Allait-il réussir ?

Il se donnait vraiment du mal. Sans succès, hélas. Flippi se dérobait à ses tentatives de baisers et le frappait à bras raccourci avec son ours magique.

– Arrête immédiatement ! criait-elle. On n'embrasse pas les sorcières !

J'ai sursauté. Trop tard. Cette phrase venait tout droit de Klarafina.

Simon se protégeait la tête à deux mains pour parer les coups de Flippi. J'ai couru vers les deux mômes. Simon, tout penaud, a ouvert la bouche, mais Flippi l'a repoussé violemment en s'exclamant :

– Occupe-toi de Simon. Il débloque totalement. Son chapeau de Hänsel doit lui comprimer le cerveau. Bon, je file. Je veux transformer quelques crapauds en princes avant minuit. Ou le contraire.

Et elle nous a laissés en plan, Simon et moi. Le pauvre garçon a soupiré :

– Désolé. Ça n'a pas marché. Je suis sans doute trop jeune. Si tu veux, je peux réessayer dans un an.

J'ai mis la main sur son épaule.

– Ne t'en fais pas. Excuse-moi, ce n'était pas une bonne idée.

Il y a des choses qu'on ne peut pas éviter. Il faut se faire une raison.

Je suis retournée vers Sven.

– Ça va ? a-t-il demandé.

J'ai soupiré.

– Pas du tout, mais il n'y a rien à faire.

Ma mère est apparue dans un grand frou-frou. Toute joyeuse, elle nous a serrés dans ses bras :

– Vous vous amusez bien, les enfants ? a-t-elle demandé.

– Oui, a répondu Sven, c'est une super fête.

– Où est Flippi ? a encore demandé ma mère.

Sven nous a dévisagées tour à tour, ma mère et moi.

– Mais qu'est-ce que vous avez toujours après elle ? Lâchez-lui un peu les baskets !

Ma mère et moi n'avons rien dit. C'était sympa de la part de Sven de prendre la défense de Flippi, mais ça lui passera très vite, avec le temps.

– Au fait, où est mon pote Oscar ? a demandé Sven à ma mère.

– Oh, il est allé me chercher un verre de champagne ! a répondu ma mère, les yeux brillants.

Elle est transformée quand elle est avec Oscar. Apparemment, il ne lui avait pas encore fait de demande en mariage ce soir, sinon elle n'aurait pas été d'aussi bonne humeur.

– Je file le rejoindre, a-t-elle dit. Ah ! encore une chose : peu avant minuit, le meilleur costume sera primé. Je vous ai inscrits. Voici votre numéro. S'il est appelé, vous devez vous manifester aussitôt. Sinon, c'est le couple suivant qui recevra le prix.

Elle nous a donné un ticket avec un numéro. Nous avions de bonnes chances. Les costumes de ma mère étaient magnifiques et Sven et moi formions vraiment un beau couple.

– Et n'oubliez pas de faire un vœu au moment où vous vous embrassez pour la dernière fois de l'année, a ajouté ma mère. Les derniers qui s'embrassent voit leur vœu se réaliser.

C'était la première fois que j'entendais parler de cette coutume.

Donc, il fallait qu'on regarde notre montre en s'embrassant et, une seconde avant minuit, vite arrêter. Sinon, le dernier baiser de l'année passée devenait le premier de la nouvelle année, et le vœu ne se réaliserait pas.

J'ai regardé notre numéro pour le concours de costumes. Je voulais absolument gagner. Le premier prix était un dîner pour deux chez Giovanni, le meilleur restaurant italien de la ville.

J'ai arrangé le costume de Sven pour le mettre bien en valeur.

– Je suis sûre que nous allons gagner, ai-je dit.

– C'est égal, a-t-il répondu. Je crois que ta mère a de bonnes chances. Elle est vraiment superbe dans sa robe.

– Quoi ? me suis-je écriée, indignée. Espèce de défaitiste !

–Pourquoi tiens-tu tant que ça à gagner ?

–Par principe ! ai-je répondu.

–Par principe ? Ah bon. C'est vrai que tu veux toujours être la meilleure.

–C'est faux ! Complètement faux ! ai-je protesté.

–Ah oui ? Je me souviens pourtant que, juste pour prouver à quelqu'un que tu étais la meilleure, tu as agi contre ta propre volonté. Et contre ton intérêt…

–Cite-moi un seul exemple ! ai-je rétorqué, prête à en découdre.

Mais quand Sven a voulu répondre, je lui ai vite mis la main sur la bouche.

–Ne dis rien. Je sais à quoi tu penses.

Sven a souri. Puis il m'a prise dans ses bras.

–Je trouve cette coutume du dernier baiser de l'année beaucoup plus intéressante.

Il était minuit moins dix.

–On ferait mieux de s'entraîner, a dit Sven en m'embrassant.

Comme si nous avions besoin d'entraînement !

–Et le premier prix est attribué au couple 19, Robin des Bois et Marianne ! a annoncé la voix de l'animateur sur la scène.

J'ai ouvert les yeux et j'ai voulu m'élancer. Mais Sven a continué à m'embrasser. Si nous n'apparaissions pas à l'instant sur la scène, nous pouvions dire adieu au dîner pour deux chez Giovanni.

Mais Sven préférait visiblement m'embrasser plutôt que de gagner le concours. J'ai hésité un instant, et puis je me suis dit que peu importait le prix, après tout.

–En l'absence du couple Robin des Bois et Marianne, le premier prix est attribué au numéro 29, Scarlett O'Hara et Rhett Butler ! a proclamé l'animateur.

–Youhou ! ai-je hurlé, oubliant d'embrasser Sven. Pardonne-moi, me suis-je empressée de dire.

Mais il a éclaté de rire et applaudi à tout rompre quand ma mère et Oscar se sont avancés vers la scène.

Je suis bien contente qu'ils aient gagné le repas chez Giovanni. Avec les talents culinaires de ma mère, c'est l'unique chance pour Oscar de faire un bon repas. Pourvu qu'il n'en profite pas pour renouveler sa demande en mariage !

– Et voici la dernière minute de l'année ! a annoncé l'animateur.

L'assistance a commencé le compte à rebours.

Lucilla est arrivée en courant, Nico à sa suite.

– Jojo ? s'est-elle écriée. On vous a appelés, où étiez-vous ? Vous avez raté le premier prix !

– J'ai déjà le premier prix, ai-je répondu joyeusement en me blottissant dans les bras de Sven.

– Veuillez nous excuser un instant, a dit Sven, mais je voudrais respecter une vieille tradition de la famille de Jojo.

Et il m'a embrassée. Bien entendu, nous avons oublié de détacher nos lèvres au dernier coup de minuit. Mais ça m'était bien égal.

Cinq minutes après minuit, Sven m'a enfin relâchée. En tournant la tête, j'ai vu toute la troupe qui faisait la queue pour nous souhaiter la bonne année.

J'ai rougi jusqu'aux oreilles.

Lucilla a gloussé :

– Embrassera bien qui embrassera le dernier…

Dans la même collection

Les romans de

julie

1 • *Arrête ton cinéma, Juliette* de Michel Amelin
2 • *L'acteur américain – Hollywood-en-Provence* d'Anne Laflaquière
3 • *Piège pour petits rats* d'Anne-Marie Desplat-Duc
4 • *Le Gang des Pestes – La revanche* de Julie Anne Peters
5 • *Le Gang des Pestes – Coups de foudre en série* de Julie Anne Peters
6 • *Journal intime d'une chipie* d'Emma Kallok
7 • *Personne ne m'aime, j'aime personne* de Michel Amelin
8 • *Le Gang des Pestes – Vol, soupçons et zizanie* de Julie Anne Peters
9 • *Philomène-la-Tornade* de Roger Collinson
10 • *Les Sorcières du collège – Coups de cœur et mauvais coups* de Marc Cantin
11 • *Les Sorcières du collège – Secrets de familles* de Marc Cantin
12 • *Allô, tu m'aimes ?* de Michel Amelin
13 • *Clémentine & compagnie – Star en danger* d'Yves Hughes

14 • *Qui veut épouser Max M. ?*
de Mame Farrell
15 • *Amours et brocolis*
de Julie Anne Peters
16 • *Coups de fil et coups montés*
de R. L. Stine
17 • *Clémentine & compagnie – Coup de corne*
d'Yves Hughes
18 • *Miss Catastrophe – On n'embrasse pas les sorcières*
d'Hortense Ullrich
19 • *Les amours de Tom – Charlotte, le foot et moi*
d'Alan Gibbons
20 • *Les amours de Tom – Titulaire et remplaçante*
d'Alan Gibbons
21 • *Miss Catastrophe – Courrier du cœur*
d'Hortense Ullrich
22 • *Miss Catastrophe – L'amour rend blonde*
d'Hortense Ullrich
23 • *Familles en folie – Une mère de trop*
d'Ann Bryant
24 • *Familles en folie – Faux frère*
d'Ann Bryant
25 • *Familles en folie – La petite peste*
d'Ann Bryant
26 • *Artus et Pénélope – Le mystère de La Ferté-des-Eaux*
de Moka

27 • *Amour, gloire et télé*
d'Andrew Matthews
28 • *Familles en folie – Trop parfaite pour être honnête*
d'Ann Bryant
29 • *Miss Catastrophe – Le dernier baiser de l'année*
d'Hortense Ullrich
30 • *Les Sorcières du collège – Amours piégées*
de Marc Cantin

Loi 49-956 du 16 juillet 1949
sur les publications destinées à la jeunesse

Achevé d'imprimer par Novoprint en Espagne
Dépôt légal : 1er trimestre 2003